万願堂黄表紙事件帖 一

# 悪女と悪党

稲 葉 稔

幻冬舎時代小説文庫

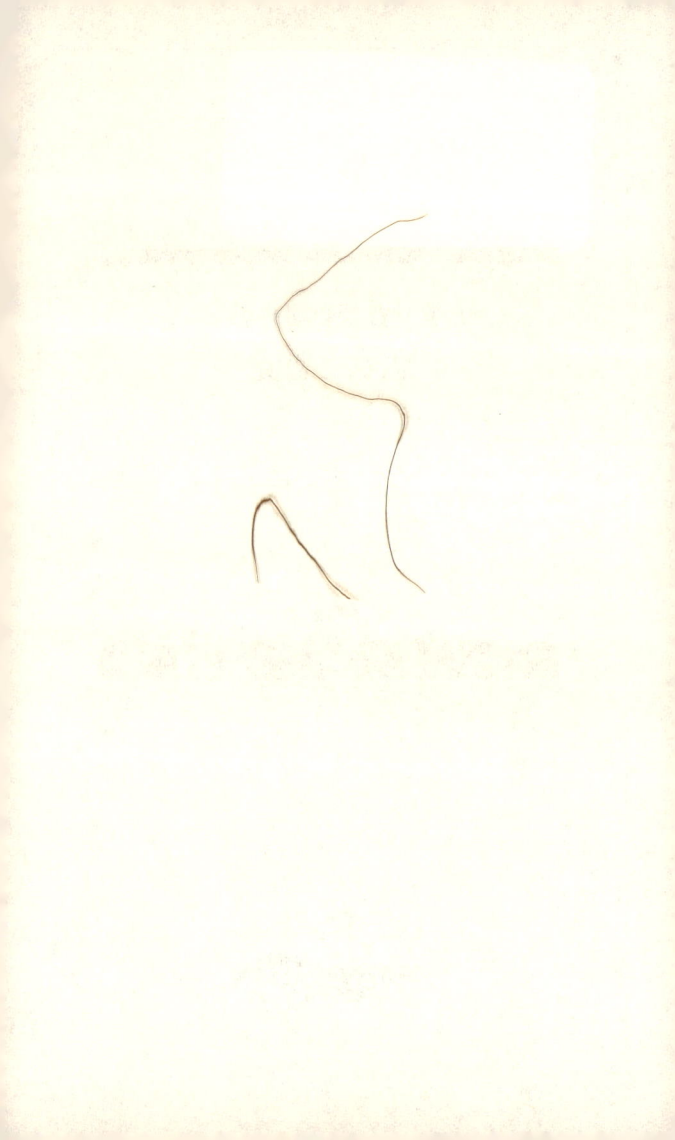

万願堂黄表紙事件帖　一

# 悪女と悪党

# 目次

# 作者・久平次にかかずらう二人の男

## 一

ばさりと音を立てて、半紙の束が膝許《ひざもと》に放られるように置かれた。

それは久平次《くへいじ》が一心不乱に、熱い思いを込めて書きあげた最新の原稿だった。それなのに無造作に放られた。

久平次は自分の原稿に目を向け、すぐに視線をあげて、目の前に座っている万願《まんがん》堂文蔵《どうぶんぞう》を見た。

「だめ、ですか？」

万願堂は腕を組み、思案するように目をつむった。

長身痩軀《そうく》の男だ。しわ深い法令線が大きな口の両脇に延び、額には太い蚯蚓《みみず》のようなしわが三本走っている。髪は銀髪で耳が異様に大きい。

「モノになりませんか……」

久平次は自信のない声をかけ、不安な目で、万願堂を見つめる。

沈黙――。

久平次は膝許に置かれた原稿に視線を落とした。

自信のある新作だった。

ここしばらく食うや食わずで、考えに考えて書いたものだった。しかし、万願堂
文蔵はひと読みしただけで、その原稿を放り投げるように久平次に返したのだ。

「面白くないんですかねえ」

久平次は独り言のようにいって、原稿を手に取りきれいに揃《そろ》え整えた。

そこは、地本問屋万願堂の客座敷だった。初夏の風が小庭から流れてきている。

一年でもっとも過ごしやすい季節だ。

「面白くなくはない」

万願堂は目を開け、組んでいた腕をほどいてつづけた。

「だが、何かが足りない。その話に出てくる男は、みんな人が好《よ》すぎる。女も然《しか》り。

善良人の話なんか受けはせんのですよ。そりゃあ、好いた惚《ほ》れたの恋のもつれはあるけれど、それだけじゃ読み手の心はつかみきれない」

「はあ……」

「滑稽《こっけい》なところや、人情に訴えるところはよいとしても、やっぱりここをつかんでくれるモノがないのです」

万願堂は心の臓のあたりを、強くつかんで久平次を見る。

「それじゃ、どうすれば……」

久平次はすがるような目をして、わずかに身を乗りだした。小柄ながら肩幅が広く、肉づきのよい頑丈な体つきで、ぶ厚い唇と大きな団子鼻をしていた。

「色恋沙汰はいいですよ。そのままでいいでしょう。でも、そこに手を加える。……残酷で悲惨なことをやる悪漢が出てくる。欲のかたまりのような性悪な女も出す。そして、判じ物です」

「判じ物……」

「そう、人間には欲がある。ない者はいない。あれが欲しいこれがしたい、ああなりたいこうなりたいと思い、他人を羨《うらや》み妬《ねた》み、殺したいほど憎んだりする。ないものを欲しがり、あの手この手で自分のものにしたい。それが人の女房であれ、財産であれ見境がない。出世を願い、他人を蹴落として、人の上に立ちたいと思う。久平次さん、あんたもそうじゃありませんか」

「わたしは……いや、まあ……」

「そうでしょう。聖人君子なんてこの世にいやしない。悪いやつらばかりだ。だけど、多くの者は不行状をやらないように、気持ちを抑え、道理に基づいて善悪を見わけることができる。至極もっともなことです。だけど、あなたはそんなあたりまえのことを書いてはならない。道理に反することを平気でやる人間、感情を抑えない人間、一分の金欲しさに人を殺し、そばにいる女を犯す、そんな人間を描くんです」

「それじゃただの悪漢ものになるんじゃ……」

万願堂は首を振る。

「もちろん、お人好しも正義の使者も出さなきゃつまらない。あたりまえです。その辺は作者である、あなたが考えること。久平次さん、あなたは書く力がおありだ。だから、苦しんでもらいたい。まだ二十五なのだから、苦労してもらいたい。そして、大きく世に出てもらいたい。わたしはその後押しをして、少しだけ儲《もう》けさせてもらうだけです」

久平次は目を輝かせ、心を高ぶらせる。期待されるのは嬉《うれ》しい。

「柳亭種彦《りゅうていたねひこ》さんは、いま脂ののっている人だけど、この先はわからない。為永春水《ためながしゅんすい》さんも同じような年だが、いつまで人気がつづくかわからない」

「曲亭馬琴《きょくていばきん》さんもいます」

「あの人は年だ。それに目を悪くしていらっしゃる。筆はあきらかに遅くなっている」

「そうなんで……」

「あなたのように若い力と才能が、わたしは欲しいのです。だから、あなたには大いに期待をしているのです。励んでもらいたい」

「万願堂さんにそういわれると勇気が湧きます」

「わたしはこれからの人を育てたい。ただ、それだけなのです。ああ、そうだ。あなたの号だけど、岡目八目じゃあまりにも人を食った名だ。他にありませんか？」

「あります」

「ほう」

久平次は懐から半紙を出すと、矢立の筆ですらすらと考えていた号を書いた。

「青空虚無斎《あおぞらこむさい》……。うむうむ。こりゃまたまっとうな、らしい号ですな」

「だめでしょうか？」

万願堂は何でもかんでもケチをつけるから、久平次は用心深い目で伺いを立てる。

「いや、岡目八目よりずっといい。いいでしょう。しばらくは青空虚無斎でやりましょう。しかし、いいですか。これまでになかった新しい話を拵《こしら》えてくださいよ。わたしがあっと驚くような話を……」

「で、これは？」

久平次は膝許にある原稿を見た。万願堂は見向きもせずに答え、

「新しく書きなおしてくださいな」

そういわれたとたん、久平次はそれまで抑えていた疲れに、呑《の》み込まれる感覚に陥った。実際、肩を大きく落とし、言葉で表現できないほどの徒労感に襲われた。

しかし、万願堂はそんな久平次の心中など察しもせずにつづける。

「草稿でなく、話の筋が見えるあたりまで書けたところで、一度見せてください。

よいですか、色恋沙汰や滑稽はいいとしても、凍りつくようなこの世の地獄と、歓喜の雄叫《おたけ》びをあげるこの世の天国を。血が滾《たぎ》り、魂を揺さぶる話です。それが判じ物になっていれば、なおいいです。書けますかな」

と、のぞき込むように久平次を見た。

久平次は唇を引き結び、心を奮い立たせて、万願堂に挑《いど》むような視線を向けた。

「書きますとも、書いてみせます」

二

自信を持って、万願堂の主《あるじ》文蔵に力強い返事をした久平次ではあったが、表道に出て風に吹かれると、大きなため息をついて肩を落とした。やはり徒労感が募っていた。

久平次は万願堂が気に入って、すぐに売り出してくれるものだとばかり思っていた。苦心の作品であったし、自信があった。源氏物語よりわかりやすく、近松門左衛門《ちかまつもんざえもん》の曽根崎心中《そねざきしんじゅう》よりすぐれている、と勝手に思い込んでいた。

ところが、万願堂は読み終わるなり、原稿をぽいと放ったのだ。そのあとで、いろんなことをいっていたが、久平次は徒労感と脱力感で真剣に話を聞いていなかった。

ぼんやりした言葉の欠片《かけら》が、頭の隅にこびりついたり分散しているだけだった。

(万願堂は何をいったんだっけ……)

立ち止まって、屋根の向こうにひるがえっている鯉幟《こいのぼり》を眺めた。

たしか、万願堂は貶《けな》しながらも勇気づける言葉をかけていた。だから、久平次は書くといった、書いてみせるといった。

(そうなのだ、書かねばならぬのだ)

久平次は脇の下をボリボリ掻《か》きながら歩いた。

書くといっても今日は書けない。一度頭の中を整理し、どんなものを書くか決めなければならない。なんの思案もないのだ。

通塩町《とおりしおちょう》にある万願堂から久平次の家までたいした距離ではない。家といっても当然長屋である。その長屋は岩本町《いわもとちょう》にあった。

浜町堀《はまちょうぼり》の河岸《かし》道を辿《たど》っていた久平次は、途中で立ち止まった。大きな柳の下に床《しょう》几《ぎ》が置かれている。それにぼんやりと座った。

浜町堀の水面を、燕《つばめ》が切るように飛んでいった。その水面は晴れた空を映すついでに、腑《ふ》抜《ぬ》け面をした久平次をも映していた。

「こんな面相じゃ嫁の来手がないのは仕方ないか……」

独り言をいって、ふうとため息をつく。太い指で、ぶ厚い自分の唇をなぞり、大きな団子鼻をつまんだ。

「酒でも飲むか……」

顔をあげてそんなことをつぶやいた。

しかし、手許不如意である。懐に金はなかった。

長屋の自宅に戻って、買い置きのどぶろくを飲むだけである。

岩本町にある長屋は、見事な裏店《うらだな》だった。日あたりは悪く、腰高障子《こしだかしょうじ》はかしいでいるし、あちこちの破れを半紙で継《つ》ぎ接《は》ぎしていた。

いまの季節はよいが、冬場は冷たい隙間風が吹き込んできて、ふるえて過ごさなければならない。夜寝るときは、明日の朝凍死しているかもしれない、という恐怖に襲われもする。

夏……。

これもくせものだ。日あたりも悪いが、風の通りも悪い。ただでさえ長屋には腐臭が充満しているのに、厠《かわや》の臭《にお》いが遠慮なく久平次の家に流れてくる。流れてそのまま去ってくれればよいが、鼻を摘《つま》みたくなる臭いは留まるのである。鼠《ねずみ》が走りまわり、油虫が多い、そして夏には蚊《か》の大群が長屋のどぶから湧く。

しかし、そこが久平次の家であり、城であり、仕事場だった。

家に戻った久平次は、懐に入れていた原稿の束を、ばさりと投げた。しばらくその束を見る。

（ほんとうにつまらない話なのだろうか……）

自分では会心の作だと思っていたのだが、とぶつぶつと心中でつぶやく。

壁に留まっている蠅《はえ》を凝視しながら、どぶろくの入った徳利《とっくり》を引き寄せ、欠け茶碗についで口をつけた。

それから万願堂文蔵がいったことを、なぞるように思いだしていった。すべてではない。何とはなしに脳味噌の壁にへばりついている、言葉の断片だった。

悪漢……欲のかたまりのような性悪な女……。

他人を羨み妬み、殺したいほど憎んだりする……。

一分の金欲しさに人を殺し、そばにいる女を犯す……。

(そうだ、万願堂は最後にこういったのだ)

――凍りつくようなこの世の地獄と、歓喜の雄叫びをあげるこの世の天国を。血が滾り、魂を揺さぶる話です。それが判じ物になっていれば、なおいいです。

そういってから、書けますかな、と自分の顔を窺《うかが》い見たのだ。

「おい、そこの蠅」

久平次は壁に張りついている銀蠅に話しかけた。

「万願堂はこのおれ様に書けるかと聞いた。ふん、書けないことがあろうか。おれはな、おい蠅、聞いているか？」

蠅は人間の言葉がわかるのか、ぶうんと飛んでいき、畳に張りついた。それから文机に移って、前肢を揉《も》むように動かした。

「おれはな蠅、あの大南北をしのぐ大作者になるんだ。まあ、南北は芝居作者だったが、おれは戯作者だ。黄表紙本を書いてるんだ。万願堂が目をかけてくれている作者だ。いや、黄表紙だろうが赤表紙だろうが、このおれ様にはどうでもいいことだ。つまりは読本《よみほん》を書くってことだからな。おい蝿野郎、聞いてるか？」

蝿は硯《すずり》の縁に止まり、何本も筆を立てている筆挿しにひょいと移った。久平次は器用な虫だと思う。蝿のように自分も自由に飛ぶことができればと思う。

「なにッ……」

久平次は、はっとした顔になった。

（蝿のように自由に空を飛ぶ人間……）

胸中でつぶやき、視線を忙《せわ》しなく彷徨《さまよ》わせる。

書くきっかけがそこにあるような気がする。新しい物語が書けそうな気がしてきた。

どぶろくをあおり、蝿を眺めた。家の中にもう一匹、蝿が迷い込んできた。

「おまえたち、悪い蝿か、いい蝿か？　どっちだ？　ははん、まさか夫婦《めおと》じゃあるまい。すると兄弟か。そうだとすれば悪党兄弟だろう。人を殺す悪者だ。ええ、そうじゃないか。どうなんだ？」

蝿は羽音を立てて、どぶろくの入った徳利の口に止まった。

「酒飲みだな。酒を飲んで暴れる悪者か。それとも淫乱になる売女《ばいた》か……」

（なに、なになに……）

久平次は蠅に話しかけるうちに、新しい物語の筋が見えてきた気がした。こういうことはよくあるのだ。

しかし、だんだん酔いがまわってきて、考えがまとまらなくなった。

「なんだ、昼間っから酒飲んでやがる」

突然、戸口でそんな声がした。

久平次は、はっとなって訪問者を見た。

三

開け放している戸口に立っていたのは、浮世絵師の歌川百芳《うたがわひゃくよし》だった。薬種問屋荒《あら》木《き》屋の道楽息子で本名は才吉《さいきち》という。

「酒を持ってきたぜ。どぶろくじゃねえ、諸白《もろはく》だ」

百芳はひょいと徳利を掲げてみせた。

「下りものですか？」

「あたりめえだ。下らねえものなんか飲めるかってんだ」

百芳は居間にあがり込んできて、どんと酒徳利を置いた。

「嬉しいですねえ」

「肴《さかな》もある」

百芳は懐から肴の干し物を出して膝前に置いた。

久平次は目をみはった。フグの一夜干しだ。

「いいんですか？」

久平次は涎《よだれ》を垂らしそうな顔で百芳を見た。

「おまえと飲むために持ってきたんだ。さ、やろうぜ。茶碗は？」

「へへ、いまお持ちします」

久平次は台所に立ち、流しに置いていた茶碗を急いで洗いにかかった。

百芳はきわどい絵を描く。

枕絵（春画）なのだが、絵全体に滑稽みがあるのでお上の検閲をたびたび逃れている。それが好事家《こうずか》に受けていて、それ相応の画料をもらっているようだ。

しかし、実際はどうかわからない。百芳が勝手に自分で吹聴しているだけかもしれない。久平次はそう思っていた。

「いいところに見えました。それに、諸白を飲めるなんて、百芳さんには足を向けて寝られませんね」

「何をいいやがる。早くそれを……」

百芳は久平次が洗った茶碗を奪うように取って、それに酒を満たした。おまえもやれ、と久平次にも勧める。

「それにしてもここはいつ来ても汚《きたね》えな。たまには掃除ぐらいしたらどうだ」

百芳は顔をしかめて部屋の中を眺める。

「そもそも長屋が汚いんで、やっても同じです。それにしても百芳さんは、よくこんな汚いところに来ますね。そっちのほうがわたしには不思議です」

「ふん、どうにもおまえのことが心配だからだよ。何といえばいいのか、おまえと話していると、おれは優越を感じるのだ。だから楽しい。おまえを見下して飲む酒はまずくない。人に小馬鹿にされて飲む酒ほど、つまらぬものはない。そうだろう」

「それじゃまるっきし、わたしが馬鹿みたいじゃありませんか」

「そのおかげでうまい酒が飲めて、うまいものが食えるんだ。文句をいうな。文句をいいたかったら、早く売れる本を書いて、おれにいやってほど奢《おご》ることだ」

うわっはっはは、と百芳は大口を開け、喉ちんこを見せながら笑う。

「まったく百芳さんには形無しです」

しょげた顔でいう久平次だが、たしかに百芳のいうとおりだった。いつも上々吉の酒を飲ませてもらい、うまいものを食べさせてもらっている。

そのおかげで舌が肥えてきたし、貧乏のわりには痩せてもいない。

百芳はほんわかとした饅頭《まんじゅう》顔だ。色白で目が小さい。久平次同様に女には、あまり縁のない男である。

二人は酒を飲むと、女にどうやったらもてるだろうか、とよくそんな話をするが、結論はいつも、

「親の悪いところばかりもらっちまってんだから、あきらめるしかない」

というところで落ち着く。

酒を飲んでの話は、いつものように二転三転するのだが、久平次は新しい号を作ったことを話した。

「へえ、青空虚無斎……ふむ……悪くない名だ」

めずらしく百芳は褒めてくれる。

「万願堂さんも、しばらくはその号でいきましょうといってくれましてねえ。でも、注文が多いんです。書いたばかりの新作などには見向きもせず、ああでもないこうでもない、あんなものを書け、こんなものを書けって……あっ、このフグの乾物、うまいです」

「あたりまえだ。安もんじゃないからな。で、万願堂はどんなものを書けっていってんだ」

「それが難しい注文です」

久平次は酒を喉に流し込んでから、その日、万願堂文蔵があれこれとつけた注文のことを話した。そのときにかぎって、百芳は真顔で耳を傾けていた。

そして、久平次の話が終わると、

「この前おれが読んだのはどうなった？」

と、やはり真顔で聞いてくる。

じつは、久平次は今日、万願堂に読んでもらった新作を、先に百芳に読んでもらっていた。そのときの評価は、まあいけるんじゃないか、だった。

だから、久平次には少なからず自信があった。しかし、万願堂は原稿を読み終わるなり、放るように久平次に返して注文をつけた。

「あれは気に入ってもらえなかったようです」

「なるほど」

「………………」

百芳は舐《な》めるように酒を飲んで、真剣な目になって短く沈黙した。

「なるほどって、百芳さんにも何かあるんで……」

百芳はときどき、久平次が面白いと思う妙案や珍案を提供してくれる。それはときに奇想であったり、馬鹿げていたり、なるほどと思わせもする。

「万願堂のあの親爺も、伊達《だて》に店を張っていねえってことだな。たしかにおまえがいわれたことは、正しいだろう。だが、それをいざ書くとなると難しい。それでも書かなきゃ、おまえは一人前の戯作者には到底なれないってことだ」

「ほぇ……」

情けない返事をする久平次は、少し凹《へこ》んだ気持ちになった。

「だけど、おまえは万願堂のあの親爺に見込まれている。あの親爺は見込みのないやつに、そんなことをいうような人じゃない。だから、おまえは褌《ふんどし》を締めなおして書くしかない。かくいうおれも、おまえには才能があると思ってんだ。おまえはひょっとすると、天賦の才を持っているのかもしれねえ。おれはそう思うときもある」

「ほんとに……」

久平次は目を輝かせて、凹んだ気持ちを立てなおした。

「おまえの本はいくつも読ませてもらった。そのところどころに、ハッとさせるものがある。光るものがあるんだ。絵も同じだ。まあ、おれの絵はどうでもいいが、才能のある絵師は、やっぱり何か持ってる。おまえにもそれがあるような気がするんだ。だから書け。万願堂の親爺をうならせるようなものを書くんだ」

「それはもう……」

いつも小馬鹿にされる百芳に励まされると、久平次はなんだか涙が出そうになる。

「悪漢を出せ、悪女もだ。そして他にもいろんなやつがいておかしくない。例えば片腕片足のないやつ。片っぽの目がない、いや両目がないやつ。天女の顔をして男の体つきをしているやつ。小人もいりゃ、巨漢もいる」

「なるほど……」

久平次は目を光らせた。

だんだん自分の中に、ある物語が見えてきた気がする。

「だからって、妖怪ものにはしないほうがいいだろう」

「へえ、そりゃもうそのつもりです。でも幽霊は出るかもしれません」

「幽霊、大いに結構だろう。だけど、人間の醜さは表じゃわからねえ。ほんとうの醜さは内に秘めているもんじゃねえか」

「……なるほど」

久平次は宙の一点を凝視した。

「どうだ、書けそうな気がしてきたか？」

百芳が真剣な眼差《まなざ》しを向けてくる。

久平次はその百芳の小さな目を見返した。

「百芳さん、わたしは書きます。書ける気がしてきました」

「じゃあ、明日から書くんだ。その前に今日は大いに飲もう」

さあ、と百芳が酌をしてくれた。

久平次も酌を返して、酒をあおった。

## 四

久平次は翌日から、早速執筆を開始する予定だった。

だが、それはできなくなった。

昨夜、百芳と深酒をし、調子に乗って三軒ハシゴをした。すべて百芳の奢りである。おかげで旨《うま》い酒をしこたま飲めたのだが、それはそのときだけで、いまはひどい頭痛がするし、しぶり腹にもなっていた。

朝から朦朧《もうろう》とした頭で、ふらふらと何度も厠に通っては、水をがぶ飲みし、大の字になって寝ているしかなかった。

書くという気力はまったく湧かなかった。それでも、書かなければならぬという思いが、胸の奥深くでくすぶっている。

万願堂文蔵のいった言葉が、ときどき浮かんできては水泡のごとく消えていく。

自分を小馬鹿にしながら付き合い酒をさせる百芳ではあるが、何度か励ましの言葉をかけてくれた。それに、書くきっかけになる文言を吐いたような気がするが、それがなんであったか思いだせない。

さらに、昨日蠅を相手にしゃべっていたとき、ふと思い浮かんだことがあった。

(あれは、なんだったか……)

どうにも思いだせない。

なにもせず、浜辺に打ちあげられた鯨《くじら》のように寝そべっているうちに、だんだん二日酔いが治ってきた。

それでも久平次は、書く気力を失ったままだった。ただぼんやりと、半分だけ開け放した戸口を見ていた。長屋の路地を近所のおかみや子供が歩いていく。

久平次をのぞき見する者もいはするが、さしたる興味も示さず、通り過ぎていく。

この長屋にはめったに行商人が入ってこない。

商いにならないと端《はな》から決めつけているのか、長屋全体に充満している異臭に耐えられないせいなのか、それはわからない。

ほんとうは忠兵衛《ちゅうべえ》店《だな》というのだが、「なすび長屋」と呼ばれている。謂《い》われはわからない。ただ、以前住んでいたなすび売りの持っていたなすびが、全部腐ったからだと耳にしたことがある。

ようするに新鮮ななすびも腐るほど小汚い裏店ということだろう。

（そんなことはどうでもいい）

少し気分のよくなった久平次は、胸中で吐き捨てる。

もう昼下がりだ。少し腹が減ってきた。食欲が出てきたというのは、いくらか体が元気になったという証拠だ。

（食欲……）

その言葉が、久平次の頭の中をぐるぐるとまわった。そして、ふと百芳のいった言葉が甦《よみがえ》った。

――おまえはひょっとすると、天賦の才を持っているのかもしれねえ。おれはそう思うときもある。

勇気づけられもしたが、久平次は自惚《うぬぼ》れもした。

いいや、久平次にはかすかな自惚れがあった。

（おれは誰にも書けねえ読本が書けるんだ）

ということだった。

久平次ははっと目をみはると、半身を起こした。書けそうな気がしてきた。筆を持って書きたいという衝動が湧いてきた。

主題が脳の奥深いところで火花のようにはじけたのだ。

それは、

「欲」――だった。

「よし」

自分を鼓舞する声を漏らした久平次は、文机の前に座り、目を壁の一点に据えながらゆっくり墨をすりはじめた。

光明が見えた。物語の端緒となる光である。

「降りてきた」

小さくつぶやいた久平次の頭に、いまはっきりとこれから書く話の筋が見えた。

まず最初の一行目に〝第一幕〟と書いた。

# 第一幕　生麦村

## 一

岩礁を洗う波の飛沫《しぶき》が、水平線に没しようとしている赤い夕日をはじいた。

夕日をはじくのは波だけではない。

波打ち際で向かいあっている二人の男の刀も、夕日をはじき返していた。

砂浜にひとりの女がいる。後ろ手に縛られ、首にも縄がまわされている。そのせいで女は自由な足で逃げようとしても逃げられない。

それに女のそばには、二百両という金子《きんす》の入った巾着袋があった。

「女を取るか、それとも金を取るか……」

口を開いたのは、村田《むらた》小左衛門《こざえもん》だった。旅の素浪人だ。

色白の顔に赤い唇、すうっと通った鼻筋に、怜悧《れいり》そうな双眸《そうぼう》。口許に余裕とも取れる微笑を浮かべていた。

「ほざけ、両方だ」

しわがれた声で応じたのは、沼尻《ぬまじり》の八十五郎《やそごろう》という無法者だった。

身の丈六尺はある巨漢だ。丸太のように太い四肢、日に焼けた顔は無精ひげで覆われ、髷《まげ》は荒れた野のようにぼうぼうとしていた。

「覚悟はいいだろうな。遠慮なくおめえの命はもらうぜ。ガハハハ。後悔するのは、あの世にいってからだ。ガハハ……馬鹿め」

八十五郎は大きな目をぎらりと光らせて、間合いを詰めてきた。

「後悔するのはきさまのほうだ」

小左衛門は言葉を返して、ゆっくり右下段に刀を移した。足許の砂を波がさらっている。刀の切っ先が、その波に触れるか触れないかの位置にあった。

「ほざきやがれ、金も女もおれのもんだ！」

八十五郎は砂場を蹴るなり、猛獣のごとく突進してきた。波と砂を蹴立て、乱れた髪を後ろにたなびかせ、片手で持った刀を大きく振りあげた。

キラッと小左衛門は目を光らせると、ゆっくり足を開き、迎え討つ万全の体勢を整えた。八十五郎の巨体が、小左衛門の視界いっぱいに広がった。

小左衛門はわずかに腰を低めるやいなや、八十五郎の脇をすり抜けるように駆けた。同時に愛刀を横に振り抜いた。

一撃必殺の脾腹斬りである。ズバッと、八十五郎の肉が断ち斬られ、勢いよく鮮血が噴出し、巨体はそのまま浅瀬に倒れるはずだった。

だが、そうはならなかった。小左衛門の刀は空を切っていたのだ。はっとなって振り返ると、八十五郎は宙に舞い、唐竹割りの勢いで、小左衛門の脳天めがけて刀を振り下ろしてくる。

斬られてはたまらぬので、小左衛門はとっさに右に飛んだ。

間一髪で逃れた。はずだったが、すんでのところで間に合わなかった。

背中に激しい衝撃が走り、小左衛門は海中に沈んでいった。赤い血が海水で薄められ、意識が遠のく。

海の底に沈みながら、隙《すき》をつかれた、油断をしたか、と唇を噛むが、もう後の祭りであった。

金を奪われ、美沙《みさ》をも奪われた。

(おれはなんと愚かな男なのだ)

小左衛門は死の間際に後悔した。

——後悔するのは、あの世にいってからだ。ガハハ……馬鹿め。

八十五郎の吐き捨てた科白《せりふ》が、いまになって身に応えた。

やつのいったとおりになった。なんと無様なのだ。

小左衛門の意識は、そこで完全に途切れた。


八十五郎は小左衛門が沈んだあたりの海面を凝視していた。

波は静かにうねっている。小さな白波が夕日に染まっていた。頭上で楽しげな海鳥の声がする。まるで小左衛門を嘲《あざけ》っているような鳴き声に聞こえた。

八十五郎は右八相にしていた刀をゆっくりおろし、ぶ厚い唇の端に笑みを浮かべた。

(浮いてこねえか……)

たしかな手応えがあったから、おそらく沈んだまま浮いてこないのだろう。

「魚の餌食《えじき》になっちまえ」

つぶやいた八十五郎は、ペッとつばを吐いて、波打ち際からゆっくり離れた。そのまま美沙のほうに歩いた。

「やつは死んだ。見ていただろう」

美沙は反抗的な目でにらんでくる。気性の強さが、その目にあらわれている。

(いい女だ)

そう思わずにはいられない。

八十五郎は美沙の前に立って、見下ろした。

美沙が禍々《まがまが》しい目でにらみあげてくる。色の白い瓜実顔《うりざね》。切れ長の目の上にある柳眉《りゅうび》が、小さく動いた。

八十五郎は少し腰をかがめ、ぶっとい指で美沙のきれいな首筋をなで、官能的なほど魅力的な唇に触れた。厚くもなく薄くもなく、大きくも小さくもない、形のよい唇だ。

「ぷっ」

美沙がつばを吐いた。それは八十五郎の右目の下に命中した。

「ふふっ。可愛いことをしやがる」

八十五郎はそういうなり、美沙の頬を張り飛ばした。その勢いで美沙は一間《けん》ほど吹っ飛んで、砂浜に倒れた。後ろ手に縛られその一端が首に巻きつけられているので、不自然な体勢になり、また首が絞めつけられたのか、顔が苦しそうにゆがんだ。だが、その表情が八十五郎にはたまらなかった。着物の裾がはだけ、白い太股と、細い脛《はぎ》が沈もうとする日の光にまぶしい。

「おめえはいい女だ。気の強いところなんざ、おれのお気に入りだ。あとでたっぷり可愛がってやる」

「寄るな化け物！　けだものッ！」

美沙は倒れたまま悪態をついた。

「ふふ、なんとでもほざけ」

八十五郎は二百両の入った巾着袋を、軽々とつかみ取って肩にかけた。それからのっしのっしと歩いて、小刀を素早く動かした。

スパスパッと、美沙を縛《いまし》めていた縄が切られた。体が自由になった美沙は、四つん這《ば》いになり、息を整えるように背中を波打たせた。

「逃げたけりゃ逃げてもいい。だが、おれは逃がしゃしねえ」

八十五郎がそういったとき、美沙はつかんだ砂を投げつけた。同時に地を蹴って逃げようとした。

だが、八十五郎の手は素早く、美沙の腰の帯をつかんでいた。

「放せッ！　放しやがれッ！」

美沙は必死にもがいて、逃げようとするが、八十五郎の怪力には抗することができない。

「ジタバタするんじゃねえ」

八十五郎はぐいっと美沙を引き寄せると、赤子を扱うように小脇に抱えた。

放せ、放せと、美沙は足をばたつかせて喚《わめ》いたが、八十五郎はそれを楽しむように笑いながら浜辺を離れた。

## 二

きらめく星たちが満天にめぐっている。

ところどころに薄い雲の流れがあるのは、南風が吹いているからだった。

パチパチッと焚《た》いている薪《まき》が爆《は》ぜた。

八十五郎は浜から二町ほど離れた丘の中腹にいた。そばには恨みがましい顔をした美沙が座っている。自由の身ではなかった。あまりにも暴れるので、もう一度後ろ手に縛りつけていた。足は自由だが、観念したのか逃げる素振りはなかった。

「食うんだ」

焼いた犬の肉を、美沙の鼻先に持っていったが、顔をそむけられた。

「うまいぜ。こんなうまい肉はねえ。赤犬ほどうまいものはねえ。……いらねえか。だったら腹を空かしてろ」

八十五郎は肉にかぶりつき、むしゃむしゃと食った。脂がほどよくのっていて、その肉汁が口ひげを濡らし顎にしたたった。

「あたいをどうする気？」

美沙がキッとした目を向けてくる。

「可愛がってやるのさ。ぐふふふ……。だが、お楽しみはもう少しあとだ」

「これからどこへ行くの？」

「そんなことおまえの知ったことじゃねえ」

「下手に動いたら捕まるのがおちよ」

「おまえにいわれなくても、わかってる」

「あんたは人を殺した。それも五人も。ひとりはあたいの親だった」

「そんなの知るか……」

「身代金はもらったのだから、あんたはあたいを自由にすべきよ」

「そうはいかねえ。身代金をもらったのはおれじゃねえ。日暮れ前におれに斬られた村田小左衛門だ」

「あんたとあの人は、同じ仲間なんだろう。だったら同じことだ」

「仲間じゃねえさ。おれはやつのことをよくは知らねえ」

　美沙は柳眉をぴくっと動かした。

「やつもおれのことをよくは知らねえ」

「だったらなぜ、つるんでいたのさ」

「……ふん、おまえはおれがやつとつるんで、おまえの親を脅したと思っているのか？　そりゃあとんだ思い違いだ。おまえを拐《かどわ》かして、親を脅したのは小左衛門だ。

おれじゃねえ。だからおれは、やつからおまえを助けてやったんだ」

「…………」

「わからねえか……」

美沙は怪訝《けげん》そうな顔をして、長い睫毛《まつげ》を動かしてまばたきした。

「今度のことを何もかも仕組んだのは、おれに斬られた村田小左衛門だ。おれはそれを遠くから眺めていただけだ。まあ、おまえは気を失っていたから、おれがいつどこからあらわれたのか、わかっていないだろうが、そういうことだ」

「だけど、うちの一家はそうは見ていないわ」

「どう見られようが、おれの知ったことじゃねえ」

「逃げられると思っているの？　もう、近くの宿場には手配がまわっているはずよ。江戸寄りにも京寄りの宿場にも。あんたはうちの親を殺したんだから、子分たちは目を血走らせて探しているはずよ」

「そうかい」

八十五郎は肉を嚙みちぎって、むしゃむしゃと口を動かしながら笑い、骨を焚き火に放り込んだ。

「街道に出たら終わりだっていいてえのかい。そりゃまたご親切なご忠告だ」

「子分があんたを殺せなきゃ……」

美沙は言葉を切って八十五郎をにらんだ。その頰は焚き火の炎に染まっていた。

「どうするっていうんだ?」

「あたいがあんたを殺す」

八十五郎は浮かべていた余裕の笑みを消し、まじまじと美沙を眺めた。それから突然、噴きだすように大笑いをした。

「アッハハハハ、こりゃあ面白れえ。さすが神奈川《かながわ》宿を仕切る万年屋《まんねんや》長次郎《ちょうじろう》の娘、肝の据わったことをいいやがる」

アハハ、アハハと、八十五郎は腹を抱えて笑った。

「あたいは本気だよ!　この化け物ッ!」

美沙は歯を剝《む》きだしにし、眉間にしわを寄せて罵《のの》った。ついでに近くにあった薪を蹴って、見事、八十五郎の腕に命中させた。

だが、薪は八十五郎の太い腕に跳ね返されただけだった。

「何とでもいうがいいさ。おれはおまえを連れて江戸に戻る。おまえはずっとおれに連れ添うのだ。どんなに足掻《あが》こうがおまえはおれの女になる」

八十五郎はのそりと立ちあがると、近くの枯れ草を刈りにかかった。その様子を黙って見ていた美沙の顔に、不安の色が広がっていった。

「何をする気……」

八十五郎は問いかけには答えず、もくもくと枯れ草を刈り、それを一箇所に集めていった。

「何をする気だと聞いてんだよ！　この化け物ッ！」

「喚け、喚け。いくら喚いたって誰も気づきやしない。これからおまえとおれは懇《ねんご》ろになる。それだけだ」

「懇ろに……」

「ああ、そうだ。懇ろになるんだ。ウヒヒヒ……」

八十五郎は刈った枯れ草を、バサバサと広げていった。これがおれたちの今夜の床だ、と八十五郎はいった。

「床……」

「そうだ、おまえとおれの寝る場所だ。……重なって寝るんだ」

「やめてー、あんたとなんかいやだ！　あんたに犯されるぐらいなら死んだほうがましだ！　やめてー！　お願いだからそれだけはやめて！」

「おれの楽しみだ。やめるわけにはいかねえ。心配はいらねえさ。たっぷり可愛がってやるからよ。おまえのヒイヒイいうよがり声が楽しみだぜ。イヒヒヒ……」

「まさか、本気かい？」

「おれは冗談はいわねえ男だ。まあ、楽しもうじゃねえか」

「いやだ！　誰か、誰か助けて！　助けて！」

美沙は金切り声をあげたが、それは虚しく空に吸い込まれていくだけだった。

三

村田小左衛門は人の声に気づいて、ゆっくり目を開けた。だが、すぐに明るい光に目を閉じ、顔をそむけた。

「大丈夫かい？　お侍……」

その声に、小左衛門はもう一度目を開けて見た。

　提灯《ちょうちん》をかざしている女がいた。

「おまえは……」

「お侍、怪我をしているよ。死んでるのかと思ってびっくりしたけど、生きていてよかった」

　女は顔を近づけてきた。薄汚れた顔をしているが、まだ若い女だった。小左衛門はもう一度、おまえは誰だと聞いた。

「あたしはこの近くの者です。お侍、立てるかい？」

　女は心配そうに見てくる。

　小左衛門は両腕に力を入れて、半身を起こした。

　浜辺に打ちあげられていたのだと気づく。だが、背中に激痛が走り、うっと呻《うめ》いた。

「大丈夫かい？」

「ああ、なんとか歩けそうだ」

「手当てをしなきゃだめだよ」

　小左衛門は痛みを堪えながら、ゆっくり立ちあがった。それからまわりを見て、ここはどこだと聞いた。

「鶴見《つるみ》村の浜だよ。お侍、どこから流れてきたんだね？」

「生麦《なまむぎ》村の浜にいたんだ」

「それじゃすぐ近くじゃないか。とにかくあたしのうちで手当てしてあげるよ。そ
れに着物がびしょ濡れだから、風邪引いちまうよ。さあ、こっちへ」

女は親切に導いてくれる。

「おまえの名は？」

「おまきです」

「よくおれに気づいたな」

小左衛門はゆっくり歩きながらおまきを見て、それから背後の海を見た。どうや
ら鶴見川の河口に流されて、運よく浜に打ちあげられたようだ。

「おとっつぁんに仕掛けを見てくるようにいわれて来たら、お侍が倒れていたから
びっくりしたんだよ」

「仕掛けって、なんだ？」

「網だよ。夜のうちに網を仕掛けておいて、朝引き上げるんだ。そうすると魚がい

っぱい入ってるんだ。でも、仕掛けの網が流されることがあるから、ときどき見に来なきゃならないんだ」

「おまえの家は漁師か?」

「おとっつぁんはそうだよ。あたしはときどき手伝っているだけ。いつもは街道で米饅頭を売ってるよ」

「米饅頭……」

「うん」

鶴見橋のそばには、米饅頭を売る店が多い。そのことを小左衛門は知っていた。おまきはおそらく往還稼ぎで、米饅頭を売っているのだろう。

おまきの家は浜から二町ほど歩いたところにあった。家というより、粗末な掘っ立て小屋といったほうがよかった。

家の中央に炉が切ってあり、板壁には網や釣り竿《ざお》などが掛けられていた。

おまきの父親は、炉のそばでどぶろくを飲んでいた。娘が見知らぬ男を、それもびしょ濡れの侍を連れてきたから、驚いたように目をまるくして見てきた。日に焼けた真っ黒い顔の中にある目は、酒で赤く充血していた。

もうひとり子供がいたが、これはおまきの弟で半吉《はんきち》といった。父親は兵造《へいぞう》だった。

「とにかく、手当てしなきゃ。おとっつぁん。手伝って」

おまきは父親と半吉を手短に紹介すると、小左衛門に濡れている着物を脱いでくれといった。小左衛門は素直に従った。

大小を居間の上がり口に置き、濡れている着物を脱いで下帯一枚になった。背中の傷を見た父親の兵造が、腰をあげて小左衛門の後ろにまわり、傷口に酒を吹きかけた。

「うっ……」

傷に酒がしみたので、小左衛門は小さな声を漏らし、奥歯を噛んだ。

「膏薬《こうやく》を塗りゃ治る。傷は深くないし、きれいな切り傷だ。お侍、斬られたんですか？」

「ああ」

「背中から斬るなんて、そいつァ卑怯《ひきょう》な野郎ですね」

「…………」

「膏薬を塗っておきます。明日になりゃ痛みは消えるでしょう。おまき、それじゃねえそっちの薬だ。それを布に塗って貼りつけりゃいい」

兵造はおまきに指図すると、元いた場所に戻って酒を飲んだ。

「お侍、さあこれで大丈夫だよ。で、お侍の名前は何ていうの？」

「おれか、おれは村田小左衛門だ」

「江戸の人？」

「そうだ」

「どうして斬られちまったんだい？　喧嘩《けんか》でもしたの？」

「悪いやつがいたんだ。人の金を盗んで逃げようとした。だから捕まえて金を取り返そうと思ったが、このザマだ」

半分嘘で、半分ほんとうのことだった。

「おれにも一杯くれるか」

小左衛門が酒を所望すると、

「お侍、これを……」

と、おまきの弟半吉が継ぎ接ぎだらけの浴衣《ゆかた》を、肩に掛けてくれた。

「ありがとうよ」

半吉に礼をいうと、兵造がぐい呑みをわたしてくれた。

「飲めば体があったまる。さあ」

兵造がどぼどぼと徳利の酒をついでくれた。

小左衛門はゆっくり酒に口をつけて、金を取り返さなければならないと思った。

(だが、あの男はいまどこに……)

ぐい呑みの中のどぶろくを凝視して、唇を嚙んだ。

四

「このアマが……」

八十五郎は美沙に手こずっていた。

枯れ草の夜具を敷き、そこへ美沙を移したまではよかった。だが、美沙の上になり、縛めをほどいてやると隙をつかれて逃げられた。

慌てて捕まえ、帯をほどき、着物を剝ぎ取った。だが、美沙は抵抗した。襦袢《じゅばん》一枚の姿でつかもうとする手に歯を立て、爪でひっかきにきた。

手を引っ込めると、弁慶の泣きどころを蹴って、浜に向かって逃げた。八十五郎は追いかけて、捕まえようとするが、美沙はすばしこく、するりと逃げていく。

そんなことの繰り返しで、二人は汗まみれになり息を喘《あえ》がせていた。しかし、もう美沙を逃がすことはなかった。

八十五郎はしっかり片腕をつかんでいた。

「もう逃がしゃしねえぜ。ハアハア……」

逞《たくま》しい肩を激しく喘がせれば、美沙もへばったように荒い息をしている。

「観念しな」

「……わかったわ。もう逃げないから」

美沙はそういうが、信用ならない。

八十五郎はつかんでいる手首をゆっくり引き寄せた。さっきまでとは違い、美沙はゆっくりと身を預けるように寄ってくる。

「もういいわ。あんたの好きなようにして……」

「ぐふッ……」

八十五郎は涎をこぼしそうになった。

汗と海水まみれになっている襦袢が、美沙の体を透かしていた。見事な体だ。腰はくびれ、お碗形の乳房はほどよく隆起している。肉置《ししお》きのいい尻と、すらりとした長い足。それにきめの細かい肌をしている。

「ほんとよ。……ほんとは、あんたのような荒々しい男があたいの好みなの」

「見え透いたことをいうんじゃねえぜ」

八十五郎はそういい返したが、黒々とした澄んだ瞳で見つめられると、まんざらでもないと思う。

「だって、あんたは強いんだもの。そうでしょう……」

美沙は自ら体を寄せてきて、もじゃもじゃと毛の生えている厚い胸板に指を這わせ、頬をつけた。少し、くすぐったい気もするが気持ちよかった。

「端からこうしてりゃよかったんだ」

八十五郎は美沙の腰に、やさしく腕をまわした。砂浜で立ったまま、抱きあっている図である。皓々《こうこう》と照っている月の光が二人の影を作っていた。

ザーッと波が真砂を洗って、引いていく音を立てている。

「これからあたいをどうする気？　抱いたらそのままどっかに行っちまうのか

い？」

「さあ、どうかな……」

八十五郎はうっとりとした顔で、美沙の髪の匂いを嗅《か》いだ。

「街道に出たら捕まっちまうよ。なんてったってあんたは目立ちすぎるもの」

「おれといっしょに行くか？」

「どこへ？」

「江戸だ。おれは二百両持っている」

「あたいの身代金じゃない。あたいの親の金よ」

「そんなこたァ、どうでもいいことだ。あの金はいまやおれのものだ。なんに使おうがおれの勝手だ。おい、そんなところへ……」

「あら、もうこんなに元気になってるわ」

美沙は八十五郎の硬くなった分身を触っていた。

「逞しいこと」

「おい、そこは……ううっ……」

八十五郎は気持ちを高ぶらせた。片手で美沙の乳房に触れ、乳首をやさしく摘んでみた。その瞬間だった。股間に激痛が走った。

「うげッえ……」

美沙が睾丸をいやというほど強くつかんだのだ。

八十五郎がかがみ込もうとすると、美沙は素早く離れ、力いっぱい足を振って、股間を蹴りあげにきた。両手で睾丸を押さえていたので、なんとか防御できたが、それでも強烈な痛みにしゃがみ込むしかなかった。

「愚かなでくの坊、あんたなんかに抱かれてたまるかってんだ！　悔しかったら捕まえてみなよ。あっかんべー。このくそったれ化け物が。ええいッ」

美沙は砂を二度三度つかんで投げつけてきた。

八十五郎は股間を押さえて痛みに耐えているしかない。その間に、美沙は着物と帯を拾いあげて、急いで身繕いをはじめた。

「くそ、このアマが……」

八十五郎はよろけながら、美沙のところへ向かった。股間の痛みが少しずつ引いていく。それでもひょんな拍子に痛くなり、小さなうめきを漏らした。

美沙は金の入った巾着をつかんだ。持って逃げようとしている。

「おい、やめろ。それは置いていけ」

「ばーか、あんぽんたんのおたんこなす。いまに見てな、いやってほどこのお返しはしてやるからね」

二百両の入った巾着を胸にかき抱いた美沙は、そのまま藪《やぶ》をかきわけて、街道に向かっていった。

「くくッ、くそったれがあ！」

八十五郎は股間を押さえたまま喚いた。もう痛みはずいぶん引いていた。しかし、美沙の姿は藪の向こうに消えている。

「なあに、逃がしゃしねえさ」

八十五郎は砂地に置いていた大小をつかみ取ると、美沙を追って駆けだした。

五

「あのあたりだ。もうよい。いろいろと世話になったが、いずれ改めて礼をしたい。おとっつぁんにもそう伝えてくれ」

小左衛門は案内をしてくれたおまきを振り返っていった。

「村田さん、傷はもう痛まないかい?」

「ああ、おまえとおまえのおとっつぁんの手当てのおかげだ。心配いらぬ」

「なら、よかった。それじゃあたしは帰るよ。いいね」

「うむ。さらばだ」

おまきはそのまま背を向けて後戻りしたが、何度か小左衛門を振り返って手を振った。

最後に米饅頭はうまかったかと聞いてきた。

「うまかった。今度は買わせてもらう」

言葉を返すと、おまきは嬉しそうに白い歯をこぼした。そのままおまきの姿は丘の向こうに消えて見えなくなった。

小左衛門はあたりに注意深い目を向けた。

昨日、不覚にも沼尻の八十五郎に斬られた生麦村の浜だった。

当然、八十五郎もいなければ、美沙の姿もなかった。そして、二百両の入った巾着袋も。

引き潮らしく、砂浜が昨日より広くなっている。沖合には白い帆を立てた漁師船が何艘も見える。

「どこに行きやがった……」

つぶやきを漏らす小左衛門は、まぶしい日の光に目を細めた。

金は八十五郎が持ち去ったはずだ。美沙はどうなったかわからないが、まさか八十五郎が実家に帰したとは思えない。

もし、美沙を自由の身にしたとすれば、自分たちの首を絞めるのと同じである。とんまな八十五郎も、そのぐらいのことはわかっているはずだ。

では、美沙をどうしたのだろうか？　まさか殺したとは思えないが……。

（いや、それもあるかもしれぬ）

小左衛門は周囲に視線をめぐらした。それから、美沙の死体が転がっていないか、付近を歩きまわったが、何もなかった。

ただ、枯れ草を大量にまき散らしている場所があった。そばの藪から伐り出されたものだというのもわかったが、それが何を意味するのかわからない。

（とにかく八十五郎を探さなきゃならない）

しかし、その手掛かりとなるものがない。

小左衛門は立ち止まって、遠くの浜に視線を飛ばした。浜仕事をしている漁師の女房たちの姿があった。

八十五郎は並外れた図体をしているので、ただでさえ目立つ。それに、もし美沙を連れていればなおのことだ。

往還に出れば、万年屋長次郎一家の子分らがうろついているはずだから、脇道か浜沿いに逃げたはずだ。

小左衛門は海藻や魚を干したり、網の修理をしている女たちのそばに行き、八十五郎のことを訊《たず》ねてみた。誰もがお互いの顔を見合わせて首をかしげるだけだった。

小左衛門は考えた――。

八十五郎は江戸に向かうはずだ。そんな話をしていた。すると、昨夜のうちに川《かわ》崎《さき》宿へ入ったかもしれない。ひょっとすると多摩《たま》川をもうわたっているかも……。

小左衛門は神奈川宿のほうを振り返った。まさかそっちには行っていないはずだ。神奈川宿には万年屋がある。小左衛門が美沙を攫《さら》って脅した博徒一家だ。

美沙を攫い身代金の二百両を受け取るとき、小左衛門は沼尻の八十五郎の助を受け、万年屋長次郎と、その子分を斬っている。合わせて五人だったが、逃げた者がいた。逃げた子分らは、小左衛門と八十五郎の顔を見ている。

街道筋には小左衛門と八十五郎の手配がまわっているはずだ。

(やはり、江戸に向かったはずだ)

小左衛門は江戸方面に顔を向けた。そのまま浜沿いの道を歩いた。小さな地蔵堂のそばに座っている老人がいた。

「おまえはいつからここにいる?」

小左衛門は問いかけた。老人はゆっくり顔をあげて、濁っている目で、不思議そうに小左衛門を見た。

「ずっとここにいる。ここで日がな一日暇をつぶしてるんだ。やることがなくてね。これこの足だから歩けないんだ」

老人は片足がなかった。

そばに置かれている杖を頼りに、なんとか歩いているようだ。

「体の大きな男を見なかったか? 身の丈六尺はある大男だ。ひょっとすると、女を連れているかもしれぬ」

老人は無精ひげの生えている顎をぞろりと撫《な》で、ニイッと笑うように口を開き、欠けている歯をのぞかせた。

「どうだ見なかったか？」

なかなか返事をしないので、催促すると、見たといった。

小左衛門は目を輝かせた。

「そいつはどっちへ行った？」

「街道のほうへ行ったよ。昨夜のことだ。女を追っていった」

「女もいたのか。そして、その女は逃げていたんだな」

「そんなふうに見えた」

小左衛門はさっと街道方面に顔を向けた。小さな畦道《あぜみち》がそっちに延びている。

「礼をいう」

小左衛門は老人に背を向けて足を急がせた。

やがて鶴見川の土手道に出た。昨夜世話になったおまきの家のそばだ。小左衛門はどんどん足を進めた。

どこかで雲雀《ひばり》の声がしていた。鶯《うぐいす》の鳴き声も聞こえる。日の光を照り返す川面で、ピチャッと魚が跳ねた。

四町ほど先に鶴見橋が見えた。長さ二十七間の木橋である。橋を渡れば市場村で、その先が川崎宿となる。

(やつはうまく追っ手の目を逃れて、あの橋をわたったのか……)

いや、それはおかしい。美沙がいるのだ。さっきの年寄りは、逃げる女を八十五郎が追っているようなことをいった。

女は美沙のはずだ。そうであれば、美沙は橋をわたらずに神奈川宿に逃げたはずだ。

それでも八十五郎が美沙を追ったとは思えない。やつは金を持っている。美沙の追跡をあきらめたと考えるほうが正解のはずだ。

(よし、それなら川崎へ向かおう)

小左衛門の腹は決まった。

鶴見橋が近づいたときだった。

橋の南詰めに人だかりがあり、なにか騒ぎになっていた。女の悲鳴と、男の怒声が聞こえてきた。

小左衛門はぴくりと眉を動かして足を止めた。

「やめて！　やめてください！　誰か誰か助けて！」

女の悲鳴がした。

小左衛門はその声に聞き覚えがあった。

## 六

声の主は、おまきだった。

小左衛門には一宿一飯の恩義がある。それに傷の手当てもしてもらった。知らぬふりはできない。

騒ぎの場に近づいて行くと、三人のならず者に足蹴にされているおまきの姿が見えた。そばには笊《ざる》と、米饅頭が散らばっていた。

野次馬はならず者の乱暴を止めることができず、恐々と眺めているだけだ。

「腐った饅頭を食わせやがって、それで往還稼ぎをしようなんざ、ふてえ女だ。まさか、毒を入れてんじゃねえだろうな」

「そんなことはありません。饅頭は今朝作ったばかりです」

おまきは半べそをかいて、地面に跪《ひざまず》いている。

「朝作った饅頭がなんで腐ってるんだ。一昨日の売れ残りを売ったんだろう」

ひとりの男がおまきの髷をつかんで、ぐるぐるまわした。おまきは顔をゆがめ、ヒイヒイ悲鳴をあげる。

「やめねえか」

小左衛門はそばに行って、おまきの髷をつかんでいる男の腕をつかみ取った。

「野郎、なにしやがる」

男は血相変えて小左衛門をにらんだ。

「その女は嘘はいってない。おまえたちはただ因縁をつけているだけだろう。か弱い女をいじめて、みっともねえ」

「なんだとォ」

右の男がすごんだ。三人のならず者は、渡世人風情だった。脚絆《きゃはん》をつけ、着物を尻端折《しりはしょ》りし、襟《えり》を大きく広げ胸元をのぞかせていた。腰に長脇差をぶち込んでいる。

「てめえ、おれたちに喧嘩を売るっていうのか」

頬のそげた痩せた男が、剣呑《けんのん》な目を向けてきた。

「喧嘩は御免蒙《こうむ》る。おまき、大丈夫か？」

小左衛門は男たちには目も向けず、おまきに手を差しのべて立ちあがらせた。膝小僧を擦りむいていた。

「おい、勝手なことをするんじゃねえ！」

小太りが怒鳴って、小左衛門の胸を、どんと突いた。

「おい、おれに触るな。下手に手出しすりゃ怪我をするぜ」

「なんだとォ」

小太りが殴りかかってきた。小左衛門は軽く足を払ってやった。小太りは宙に舞い、どさりと地面に倒れた。

それを見た二人の仲間が気色《けしき》ばんで、長脇差に手をやった。

「おまき、下がっていろ」

「村田さん、危ないよ。怪我をしているんだよ」

おまきが怯《おび》え顔で心配する。

「いいから離れていろ。こいつらはただのうすら馬鹿だ」

「てめえ、いま何といいやがった!」

猿《さる》のように赤い顔をした男だった。

「うすら馬鹿だといったんだ。なんだおつむも馬鹿なら、耳も悪かったか」

「て、てめえッ」

赤い猿顔はすらりと刀を抜くなり、斬りつけてきた。

周囲で悲鳴とどよめきが起きた。

小左衛門は半身を捻《ひね》って、猿顔の一撃をかわすと、一歩足を踏み込んで、鳩尾《みぞおち》に拳《こぶし》をめり込ませた。

「うっ」

猿顔はあっさり前のめりに倒れた。

「舐めやがって……」

立ちあがった小太りが、刀を抜いて腰を落として構えた。もうひとりも刀を腰だめに構えていた。

「どこからでもいいからかかってこい」

小左衛門が誘うと、小太りが袈裟《けさ》懸《が》けに撃ち込んできた。かわされると、さらに右から左からと面を狙《ねら》って刀を振りまわした。

小左衛門は巧みに足をさばいて、小太りの攻撃をかわし、懐に飛び込むなり、左腕で相手の右手首をつかみ取って投げつけた。

同時に、もうひとりの痩せっぽが、刀を腰だめにしたまま、体あたりするように突っ込んできた。

小左衛門は体を半回転させて、痩せっぽの攻撃をかわし、尻を蹴ってやった。その勢いで痩せっぽは前のめりに倒れた。すぐに立ちあがろうとしたが、小左衛門が首根っこを踏んづけて押さえたので、亀のようにバタバタと四肢を動かした。

野次馬たちが無様なならず者を見て愉快そうに笑っていた。

「おい、そこで何をやってやがる！」

新たな声がした。

そして、地響きを立てるように駆けてくる男たちがいた。その数、十数人。

「あッ、ありゃあ万年屋の連中だ」

野次馬の誰かがそんなことをいった。小左衛門はそっちを見た。ねじり鉢巻きに襷掛《たすきが》け、手甲脚絆という出で立ちの男たちが、駆けてくる。

万年屋長次郎一家の子分たちだ。

(これはまずい)

そう思った小左衛門は、散らばっている米饅頭をかき集めていたおまきを見て、

「おまき、気をつけて帰るんだ」

と、一言いうなり身をひるがえすようにして鶴見橋を駆けわたった。

背後でわあわあと騒がしい声がしていた。振り返ると、立ち止まっていた長次郎一家の連中が一斉に見てきた。そして、つぎの瞬間、獲物を見つけたように駆けだしてきた。

小左衛門は、再び駆けだした。

七

「酌をしろ」

八十五郎はぐい呑みを差しだした。

美沙が色っぽい上目遣いで酌をしてくれる。

生麦村の漁師の家だった。家人は出払っており、家にいるのは八十五郎と美沙だけだ。開け放した縁側から、気持ちよい潮風が吹き込んでいた。

「嘘じゃないよ。あたいはあんたと江戸に行くって決めたんだから。昨夜もそういっただろう」

「なんで、心変わりした？」

「あんたから逃げられないと観念したからだよ。その代わり約束してもらいたいことがある。聞いてくれる？」

「いってみろ」

「その金は、あたいの親の金だけど、もうそれはあきらめる」

美沙は八十五郎のそばに置かれている巾着を見てつづけた。

「金はあんたが好きにすればいいさ。だけど、あたいを好きにはさせない。あたいには指一本触れないでもらいたい」

「いやだといったら」

「また金玉に嚙みついて引きちぎってやる」

「うへッ、そりゃ勘弁だ」

美沙は昨夜、八十五郎からまんまと逃げられたと思ったが、東海道のそばで捕まってしまった。そのときの八十五郎の剣幕には、正直心の臓が縮みあがった。

美沙は逃げられないと観念し、八十五郎のいいなりになることにした。それが自分を救う道だと悟ったからだ。

そのあとで浜の漁師小屋に押し込まれて犯されそうになったが、美沙は身を委《ゆだ》ねるふりをして、八十五郎のあらゆるところに噛みついたり、爪を立てたりした。

そうなると色気もへったくれもない。先に音をあげたのは八十五郎だった。

「おまえはどうしようもねえ雌猫だ。手のつけられない野良猫と同じだ」

「何といわれようがへっちゃらよ。あたいに触らなきゃ、あたいはあんたの味方になるし、力になるから。女なんて江戸に行きゃ掃いて捨てるほどいるだろう。やりたけりゃそっちで我慢しておくれ」

「ああ、わかった。噛みつく女はもう懲り懲りだ」

八十五郎は苦々しい顔をして酒をあおった。

「お侍、船の仕度ができましたぜ」

家の主が戻ってきていった。

「すぐ出せるのか？」

「いまからなら日の暮れ前に品川《しながわ》に着きますよ」

「そうか、なら行くとするか。美沙、そういうことだ」

「わかってるわよ」

美沙は身軽に立ちあがって、土間に下りた。

漁師は作右衛門《さくえもん》といい、極印付きの五大力船《ごだいりきせん》を持っていた。これは幕府の公許を受けているので、江戸への出入りが自由にできた。

作右衛門は江戸城に定期的に献上する野菜や魚を運搬していた。

船は小さな入江に繋《つな》がれていて、作右衛門の使っている二人の男がいた。三人で船を操るらしい。

「三人でこの船を……」

美沙は五大力船を見て、目をしばたたいた。

船は長さ三十一尺、幅八尺と小型だった。喫水《きっすい》が浅いので海から川へすんなり入れる仕様になっている。海では帆走し、そうでないときは棹《さお》を使うようになっている。

「それじゃ、前金でもらいましょうか。そういう約束でしたね」

作右衛門が八十五郎のそばに来ていった。

「わかってる。しっかり頼むぜ」

八十五郎は作右衛門に十両をわたした。

「それじゃ乗ってください」

金をたしかめた作右衛門が、八十五郎と美沙を促《うなが》した。

船には生け簀《す》が作ってあり、その朝獲った魚が入れられていた。その生け簀を見ていると、六助《ろくすけ》という男がそばにきて、

「今日は量が少ねえんだ。鱸《すずき》も鯵《あじ》も鱚《きす》も小ぶりだ。鰈《かれい》だけがまともだけどな」

と、自慢そうにいう。生け簀の底には浅蜊《あさり》もあった。

「今日はあんたらを運ぶのが仕事だが、ついでにこれも市場に卸して商売だ」

美沙が黙っていると、六助は人のよさそうな笑みを浮かべて言葉を足した。もうひとりの水手《かこ》は米太郎《よねたろう》といって、六助より六つ上の二十八歳だった。

「品川には何刻ごろ着けるの？」

「潮と風にもよるが、一刻もかからねえよ」

美沙は驚いた。そんなに速く船は動くのかと思った。

五大力船は六助がいったように、帆を立てると風の力を借りて、思いもよらぬ速さで波飛沫を立てながら走った。

生麦の浜はあっという間に見えなくなり、船から眺める陸の景色がどんどん変わっていく。

六助と米太郎は、舵《かじ》を取る作右衛門の指図にしたがって、帆綱を調整していた。

その作業をやりながら、米太郎は無遠慮な目で美沙をちらちら見てきた。

作業の途中でそばにきて、

「あんた、いい女だな」

と、小さく耳打ちし、にやりと笑った。

「そう……。ありがとう」

美沙はさらりとかわして、後ろに流れていく陸地を眺めていた。

日は西の空にまわり込んでいるが、日没まではまだ十分な時間があった。

「やるぜ。手はずどおりだ」

八十五郎がそばにきて低声《こごえ》で話しかけてきたのは、品川宿が見えたあたりだった。

「やったら誰が船を動かすのさ」

「心配いらねえ。おれがやるさ」

八十五郎は美沙から離れていった。その背中にはすでに殺気が漂っていた。

美沙は舷側《げんそく》にもたれながら、近づきつつある品川の岸壁に目を向けた。悲鳴ともうめきともつかない声が背後でしたのは、それからすぐだった。

帆柱に止まった鷗《かもめ》が鳴き声をあげて飛び去った。

また、小さな悲鳴が背後でした。船のそばを鷗たちが群れ飛んでいた。

キィキィと鳴き声がうるさい。

作右衛門の驚き怒った声がし、すぐに断末魔の悲鳴が海に広がった。

「なにしやがんだ！」

「美沙、なにやってやがる。手伝うんだ」

八十五郎の声で美沙は振り返った。

作右衛門と六助、そして米太郎の死体が転がっていた。船底に広がる血が生き物のように動いていた。

「美沙、血を洗い流すんだ。おれは死体を海に落とす」

「親方の金は取ったんだろうね」

作右衛門のことを六助が、親方と呼んでいたので、美沙はそういった。

「思いの外大金を持っていやがったぜ」

ぐふふと、楽しげに笑った八十五郎は、作右衛門の死体を抱えあげて、海に放り込んだ。

# 第二幕　品川宿

## 一

「こっち、こっちだよ。村田さん」

その声に、小左衛門は驚いて脇路地に目を向けた。

「おまき……なんで、こんなとこにいるんだ」

「そんなことより、早くこっちへ」

おまきは近寄ってきて、小左衛門の袖をつかむと、路地の奥に導いた。

小左衛門は万年屋長次郎一家の子分らから逃げている最中だった。鶴見橋を走り抜け、八丁畷《はっちょうなわて》で追ってくる長次郎一家をやり過ごしたが、川崎宿の久根崎《くねざき》で三人の男たちに見つかってしまったのだ。

三人を相手にしてもよかったが、八十五郎に斬られた傷が、鶴見橋で立ち回りを演じた際開いたらしく、痛みがぶり返していた。

あまり無理はできないので、逃げることにしたが、追っ手はいつの間にか三人から六人に増えていた。

「どこへ行くんだ？」

「黙ってついてきて。この辺のこと、あたしはよく知ってるんだ」

小左衛門はおまきを信じて、言葉にしたがった。

「ここだったら大丈夫よ」

おまきが安心顔で振り返った。そこは、小さな旅籠《はたご》の裏庭だった。

「おまえはどうして……」

小左衛門の疑問に、おまきはにっこり微笑《ほほえ》んで答えた。

「だって、村田さん追いかけられていたじゃない。あいつら万年屋長次郎一家の連中でしょう。ろくでもないやつらだから気が気でなくて、村田さんを追ってきたの……ていうか、長次郎一家の連中のあとを尾《つ》けてきたのよ。それで村田さんを見つけたってわけ」

「あきれたやつだ」

「しっ……」

おまきが口の前に指を立てて、板塀に耳をつけた。

「この辺に逃げたはずだが……」

「こっちじゃねえ、あっちだろう」

そんな声がして足音が遠ざかった。

「村田さん、なにをしたの？　あいつらすごい剣幕よ」

おまきがまばたきもせずに見てくる。

改めてそのおまきを見ると、なかなかいい女だ。顔をきれいに洗ってやり、化粧をすれば、かなり女っぷりが上がると見た。

「誤解を受けてるんだ。おれに怪我を負わせたのは、沼尻の八十五郎という浪人だ。そいつは万年屋長次郎から二百両という大金を盗んだのだ。ところが、おれが八十五郎といっしょにいたので、おれが盗んだと思われているのだ」

半分嘘で、半分ほんとうだった。

「だったら思い違いをしているといえばいいいんじゃないの」

「そんなことを信じるやつらか……」

「……そりゃそうね」

「ところでどうするんだ？　いつまでもこんなところにはいられないだろう」

「まかせて」

おまきはひょいと立ちあがると、旅籠の勝手口をのぞき、

「姉さんはいますか？」

と、声をかけた。

「そろそろ出てくる時分だけどね」

そばにいたらしい女の声がすぐにあった。

「じゃあ、まだ長屋のほうですね」

そういっておまきは、小左衛門を振り返った。

「村田さん、ついてきて」

「どこへ行くんだ」

「すぐそこ」

おまきは裏木戸から出ると、周囲に警戒の目を光らせながら路地を進み、それか

ら大通り（東海道）を突っ切った。また路地に入る。

「姉さんというのは、おまえの姉さんのことか？」

「そう、さっきの旅籠で飯盛りをやってるの。あたしも親に押しつけられたけど、そんなの絶対にいやだから」

「もっともなことだ」

「そこよ。ちょっと待ってて……」

すぐ先に長屋の木戸口があった。小さな長屋だ。

小左衛門は手持ち無沙汰に、商家の屋根越しに広がる空を眺めた。茜《あかね》色に染まった雲があり、雲の切れ目から光の条が地上にのびていた。

「村田さん、来て」

おまきが手招きをして呼んだ。

そこは、おひろというおまきの姉の家だった。長屋だから四畳半一間に、小さな流しがついているだけだ。

おひろは煙管《キセル》を吹かしながら、小左衛門に色っぽい視線を寄こした。胸を大きく広げ、後ろ襟を抜いている。島田髷に結った髪には、笄《こうがい》と赤くて長い簪《かんざし》を挿していた。

「それでどうする気？　村田さんとおっしゃるのね。川崎から先へはきっと行けないよ」

おまきの話を聞いたおひろは、煙管の雁首をコンと灰吹きに打ちつけて、煙草盆《たばこぼん》に置いた。

「行けないってどういうことだ？」

「長次郎一家は抜け目ないから、船着場や渡し場に目を光らせているはずよ。それにあいつらはしつこいから、何日でも張り込むわよ」

「だが、金を持って逃げている野郎が捕まった様子はない」

「その男は目立つんでしょう、きっとこの宿場には来てないわよ」

「それじゃ江戸と反対の方角に行ったということか……いや、それは絶対にあり得ない」

小左衛門は独り言のようにつぶやいて、無精ひげの生えた顎をさすった。

「船で江戸にまわったんじゃないかしら」

おひろが思いだしたようにいって言葉をついだ。

「生麦村には極印をもらっている漁師がいるわ。その漁師たちだったら江戸への行き来が自由だから、六郷《ろくごう》の渡しを使わなくてすむわ」

小左衛門は、はっと目を光らせた。八十五郎は金を持っている。金でその漁師船を借り受けることなど、いとも容易《たやす》いことだ。

（そうか、船か……）

心中でつぶやく小左衛門は、おひろとおまきを交互に眺めた。

「おれもその漁師船で江戸に抜けたいが、できるか？」

「できるはずよ」

おまきが答えた。

「おれは金を持っていないが……」

「まかせて、何とかしてあげる」

おまきは頼もしいことをいう。

「でも、いまはうろつかないほうがいいわ。宵闇が濃くなるのを待って、鶴見川をわたればいいわ。橋を使ってはだめよ」

おひろが言葉を添える。

「船でわたるのか？」

小左衛門が聞いた。

「歩いてよ」

「心配しないで、岩瀬《いわせ》という場所があって、そこは潮が引けば歩いてわたれるの」

おまきがきらきらと目を輝かせた。

二

（ちきしょ）

美沙は心中で毒づいた。

金の入った巾着を八十五郎が持っていったからだ。部屋に隠していると思ったが、どこにもなかった。おそらく肌身離さず身につけているのだろう。

美沙は金を奪い返すのをあきらめて、隣の自分の客間に戻った。隣といっても、襖《ふすま》一枚隔てているだけである。

美沙と八十五郎は、昨日から北品川宿にある新田屋という旅籠に泊まっているのだった。飯盛り女を置いている宿である。

美沙は窓際の壁にもたれ、足を投げだして腕組みをした。視線を障子の上のほうに向け、一匹の家蜘蛛《いえぐも》を目で追った。

八十五郎からまずは金を奪い返さなければならない。だが、なかなかそれができない。ひと思いに殺してやりたいが、それもできない。

八十五郎は隙を見せないのだ。まともに殺せる相手ではないから、寝首を掻き切ろうと思うが、そばに近づくと、カッと目を開けるのだ。大きな鼾《いびき》をかいていてもだ。

「お客さん、お茶をいかがです」

障子の向こうの廊下から声がかかった。

美沙は少し考えてから、いただくと返事をした。

すぐに障子が開けられ、女中が急須と湯呑みをのせた盆を運び入れた。

「連れの方はどこに行かれました？」

女中は茶を淹《い》れながら訊ねてくる。

「さあ、どこに行ったのか」

素っ気なくいうと、女中は顔をあげて、短くまばたきをした。

「はいどうぞ。旦那様ではないのですか？」

女中は茶を差しだしながらいった。

「あんな化け物を旦那に持つぐらいなら死んだほうがましだよ」

女中はぷっと噴きだしてうつむいた。

「ほんとさ。あたいは、わけあってあの男に引きまわされているだけなんだよ」

「あら」

女中は目をまるくして、驚いた顔をした。二十二、三だろうか、それぐらいに見えた。化粧の下にそばかすがあるのがわかる。

「でも、離れられないんだ。といっても男と女の仲じゃないよ」

「難しい仲なんですね」

女中は暇なのか、すぐに立ち去ろうとしなかった。

「あんたただの女中かい？」

少し間を置いて、女中は首を横に振った。うぶな顔をして春をひさいでいるのだ。

「どこの生まれだい？」

「ここから西に行った戸越村《とごし》です。家は貧乏な水呑百姓だから……」

仕方ないのです、と淋しそうな顔でつぶやき足した。その顔を見て、美沙は自分のことを話したくなった。この女に話してもなんの障りもないと思いもした。

「あたいも百姓の娘だったんだ」

女中は目を大きく見開いた。

「小さいときにやくざの親分の養子になってね。それでお嬢さんお嬢さんといわれて育った。だけど、世の中そんなに甘くはない。養父はやっぱりやくざ者だった。あたいが十二になると、慰み者にしたんだ。いやがって泣いて暴れても無駄だった。それからずっと、その男の女さ」

「おかみさんは？」

「いなかった」

「まあ」

「だけど、やっとあたいに亭主を持たせようとしてね。あまり好きな男じゃなかったけど、くそ親よりずっといいと思ったから、嫁に行く心づもりをしていたんだ。ところが、いけなくなった」

「なぜです？」

「養父になった親分も、いっしょになるはずだった男も死んじまったんだ。殺されたんだけどね」

「そんな……恐ろしいこと……」

「あたいの目の前でおっ死《ち》んじまった。だけど、あたいは悲しくはなかった。正直、これで苦しい目にあわなくてすむと思った。抱かれるのがいやでいやでたまらなかったんだ」

「……なんとなくわかります」

「あんた、名は？」

「春江《はるえ》といいます。でも、ほんとうはお清《きよ》というんですけど……」

「そう、春江ってェのは、源氏名ってわけだ」

「あの……」

「なに？」

「どうしてご亭主になる人と親分は殺されたんです？」

「悪いやつがいて金を盗みに入ったのさ。それで刃傷沙汰になってね」

ほんとうのことはいえなかった。

「それじゃ泥棒に殺されたんですか」

「そういうこと」

「でも家で待ってる人がいるんじゃ……」

「どうしようもない養い親が死んだんだ。あの家に未練なんかないさ。どうせ、ろくでもないやくざ者ばかりだし……」

「それじゃこれからどうするんです？」

「江戸に行って店をやろうと思ってんだ。商売をして大儲《もう》けするんだ」

美沙はこのときばかりは目を輝かせた。本気でそうしようと考えているのだ。それには金がいる。なんとしてでも八十五郎から金を奪い返さなければならない。

「商売を……いいですね。そんな夢があって」

「あんたにだってあるだろう」

春江は弱々しくかぶりを振った。

「この宿の年季が終わったら、どうなるかわかりません。それに店を持てるような稼ぎも望めないでしょうから」

「それじゃ金持ちの男といっしょになればいいんだ」

「うまくいけばいいんですけど……」

美沙はじっと春江を見つめた。おそらく同じ年頃だろうが、何となく助けてやりたいという気持ちになった。かといって、何かできるわけではないが、こんな素直でうぶな飯盛りを見ると、じっとしておれない気持ちになる。

「あたいが店を開いて、商売がうまくいったら、あんたを迎えに来るよ」

「ほんとですか」

春江は団栗《どんぐり》のような目を輝かせた。

「いつになるか、それはわからないけどね」

おい、戻ったぞ、という声が廊下でした。八十五郎だった。

「いるのか」

障子が、無造作にがらりと開けられ、巨漢が目の前に姿をさらした。

「逃げてなかったな。それでいいんだ」

八十五郎はそういうと、ぐふふふ、と気持ち悪い笑いを漏らした。

三

日はだいぶ昇っている。

おそらく四つ（午前十時）近くになっているはずだ。

船の仕度は調《ととの》い、間もなく出港できるはずだった。船着場の岸壁に立った小左衛門は、きらめく海を眺めながらも、心を急《せ》かせていた。

昨夜、おまきの紹介で極印付きの五大力船を借りられるように掛け合ったのだが、船主はしぶりつづけた。

めったなことでは船は出せないというのだ。それに幕府に献上物を届ける時期でもないという。それでもおまきは食い下がった。

「お上に納める魚がなくても、日本橋の魚市場に、しょっちゅう魚を持ち込んでいるのは知ってるんだよ。お願いだから乗せておくれよ」

「いくら頼まれてもだめなものはだめだ」

源三郎《げんざぶろう》という船主は頑《かたく》なだった。

小左衛門は金さえあれば、すぐに納得させることができると思うが、肝心の金は八十五郎が持ち逃げしている。

だが、何とかしなければならない。小左衛門は知恵をはたらかせて、禿《は》げ頭にねじり鉢巻きをしている源三郎を見ていった。

「日本橋まで行かなくてもいい。品川まででいいから連れて行ってくれ。向こうに着いたら船賃をわたす」

たしかなあてはなかったが賭けだった。

案の定、源三郎は食指を動かす目つきになった。

「安くはないですぜ、お侍」

「いくらだ？」

源三郎は少し考えるように視線を動かして、

「品川までだったら五両に負けておきましょう。だが、前金でお願いしますよ」

といった。

案外、強突く張りではないな、と小左衛門は思った。

「わかった五両で手を打ってくれ。だが、金は向こうに着いてからだ」

「いや、ここで払ってもらわなきゃ困ります」

「金はおれを送り届けてからだ。ちゃんと払う。よし、もう三両色をつける」

ようやく折れた源三郎は、八両で船を出すといったが、それは翌日のことだった。そして、朝からのろのろと仕度をして、やっと船を出す準備ができたところだった。

ところがいっしょに乗り込む若い水手が、家に忘れ物を取りに行って、なかなか戻ってこない。

「遅いな」

小左衛門が思わず愚痴って背後を振り返ったとき、慌てたように駆けてくるおまきの姿が目に飛び込んできた。

「村田さん、村田さん。大変、大変だよ」

おまきは大声を発しながらそばまでやってくると、両膝に手をついて大きく息をしてから、大変なことを聞いたといった。

「なにを聞いたってんだ?」

「昨日、大きな侍と女の人を乗せて江戸に向かった船があるんです。それは、あたしも知ってる作右衛門さんの船です」

「ほんとか」

小左衛門は一歩二歩とおまきに近づいた。

「ええ、それも品川に向かったとわかったんです。嘘じゃありませんよ。作右衛門さんのおかみさんに、聞いたんですから」

「そうか、やつらは品川に行ったんだな」

「そうみたいです。でも、間に合ってよかった。これを……」

おまきが風呂敷包みを差しだした。

「なんだ？」

「おむすびですよ。船の中で食べてください」

「おまえには何から何まですまぬな。ありがたく頂戴する」

小左衛門が風呂敷包みを受け取ったとき、

「なんだあいつら？」

と、船に乗り込んでいた源三郎が、村につづく道を見た。

小左衛門もそっちを見て、眉根を寄せて舌打ちをした。

家に戻った若い水手が、万年屋長次郎一家の連中に首根っこをつかまれてやってくるのだ。やくざの数は十人ほどだ。

「村田さん、長次郎一家だわ」

「ああ、源三郎がぐずぐずしてるから、こういうことになるんだ」

愚痴をいっても状況が変わるわけではなかった。

「おい、そこの侍野郎。やっと見つけたぜ。もう逃がしゃしねえから観念することだ」

そういった男が、若い水手を突き飛ばした。

「親分の恨み、たっぷり晴らしてやるぜ！」

真ん中の男はそういうなり、さっと片肌脱ぎになって、すらりと刀を抜いた。他の連中もそれに合わせ、一斉に刀を抜き払った。

何本もの刀が、明るい日の光をきらきらとはじいた。

「おいおい、どうなってんだ！　お侍、穏やかじゃないですぜ」

船の上から源三郎が狼狽《うろた》えた声でいった。

「いま片づけるから、すぐに船を出せるようにしておくんだ」

「何をぐじゃぐじゃいってやがる！　かまわねえからやっちまうんだ！」

長次郎一家の子分らが、一斉に駆けてきた。

「おまき、逃げるんだ！」

小左衛門は注意を喚起するなり、刀を引き抜いた。

「村田さん、怪我してるのよ」

「わかってる。いいから逃げろ！」

怪我のことを気にしている場合ではなかった。小左衛門は怒濤《どとう》のように押し寄せてくる長次郎一家に、刀を振りあげて向かっていった。

四

小左衛門は真っ先に撃ち込んできた男の刀をかわすなり、素早く身をひるがえして相手の背中に太刀を浴びせた。

うぎゃーという悲鳴とともに相手は倒れたが、小左衛門はそれを見ている暇などない。横から撃ちかかってきた男の刀を跳ね返すと、背後から斬りに来た男の気配を察して、ひょいと身を低めながら脛を横薙《な》ぎに斬った。

「あひィー！」

弁慶の泣き所を斬られた相手は、地に転がって泣き叫んだ。

男たちは蟻《あり》のように小左衛門に群がり、斬り込んでくる。相手は十人ぐらいのはずだが、ひとりで相手をしているので、その二倍も三倍もいるような錯覚を起こした。

だからといって逃げるつもりなどなかった。やるときはとことんやるのが、小左衛門である。

真正面から撃ち込んできた男の片腕を刎《は》ね斬ると、左へまわり込もうとしていた男に牽制《けんせい》の突きを送り込み、一旦下がらせてから、右に立った男の横腹を叩《たた》き斬った。

そこへ撃ち込んできた男がいた。反撃できなかったので、がっちりと受け止めるしかなかった。

歯を食いしばった男の顔が間近にあった。ぎょろつく目でにらんでくる。小左衛

門もにらみ返し、

「うぉー！」

と、獣が咆哮《ほうこう》するような声をあげて、相手の土手っ腹を思いきり蹴った。男は一間半ほど吹っ飛んで尻餅《しりもち》をついた。

怒鳴り声と悲鳴と、己の勇を鼓《こ》す声が交錯していた。すでに敵の半数は地に倒れていたり、斬られた腕や脇腹を押さえてのたうちまわっていた。

返り血を浴びた小左衛門の顔は、真っ赤になっていた。刀には血と脂がへばりついている。それを、ぐいっと袖でぬぐい、どっしり腰を落として青眼に構える。

相手は五人になっているが、無闇にかかってこなくなった。ようやく小左衛門の腕のほどがわかったらしい。

それはよいが、八十五郎に斬られた傷がまた開いたらしく、ずきずきと痛みだしていた。

（結構痛いぜ。まいったな……）

内心でぼやきながらも、残り五人の動きを見る。

五人は小左衛門を囲むように、ゆっくり動いた。

小左衛門はその場に立ち止まったまま、静かに息を整えた。開いた傷口が悲鳴をあげているが、放っておくことにした。

静かに深く息を吸い、ゆっくり吐きだす。乱れていた呼吸が整い、早鐘のように脈打っていた心の臓も静かになってきた。

刀の柄《つか》を持ちなおし、剣尖《けんせん》をすうっと右下段に向けた。左懐を開けて、相手の攻撃を誘う構えである。

鬢《びん》の毛が風に揺れたとき、左にいた男が撃ち込んできた。

小左衛門はその一撃を擦りあげるなり、素早く刀を引き、背後からかかってきた男を逆袈裟に斬りあげた。

悲鳴と同時に、明るい日射しの中に血の条が迸《ほとばし》った。

刹那、右から肩を狙ってきた男がいた。小左衛門は体を反転させながら、男の背後にまわり込み、驚いて振り返った相手の胸を断ち斬った。

「ギャアー！」

男は怪鳥《けちょう》のような声をあげて大地に倒れた。

「くそッ、よ、よくも……」

残っているのは三人だった。その中の一人が悔しそうに声を漏らした。だが、戦意を喪失しているらしく、かかってこようとはしない。

そばにいる二人も同じだ。すでに逃げ腰で、じわじわと下がっている。

「どうした怖じ気づいたか」

小左衛門は誘いの声をかけた。

三人は互いに顔を見合わせ迷っている。もはや戦う勇気はないようだ。

「わあー！」

小左衛門が大声を発して刀を振りあげると、三人は肝を冷やした顔をし、つぎの瞬間、くるっと背を向け、脱兎のごとく逃げていった。

小左衛門はそれを見送ると、地面に倒れている者たちを眺めた。刀を杖代わりにして立とうとしている者もいれば、斬られた腕を押さえてうずくまっている者もいる。

小左衛門はそんな連中を一瞥《いちべつ》すると、何事もなかったような涼しい顔で、源三郎の船に乗り込んだ。

「こ、こんなことして……」

源三郎があきれ顔に、怯えの色を浮かべていた。

「相手はどうしようもないやくざだ。気にすることはない」

「し、しかし、わしらに仕返しがあったら困ります」

「もう長次郎一家はばらばらだ。腹の据わったやつはおらぬ。それに親分の長次郎も殺されていないんだ。そんなことより早く船を出してくれ」

「へ、へえ」

源三郎は二人の水手に指図して、船を岸から離れさせた。棹を使って岸から十間ほど進むと、帆がするすると上げられて、風をはらんだ。

とたん、船はぐっと力を得、沖に向かって波を切りはじめた。

小左衛門は舷側に立って生麦の浜を眺めた。

（おまきは……）

その姿がない。逃げろといったので、家に戻ったのかもしれない。

そう思ったとき、肩のあたりを誰かにつつかれた。振り返ると、そこにおまきがいてにっこり笑う。

「あ、おまえ、なんでここに……」

「村田さんが逃げろっていうから、船に乗り込んで隠れていたの。それにせっかく作ったおむすびを忘れられるといやだと思ったんだよ。それより、傷のことが心配よ」

おまきにいわれて、ずきずき痛んでいる傷を思いだした。

「手当てしなきゃ。源三郎さんに薬を借りてくるからじっとしてて……」

おまきは操船中の源三郎のところへ行って、短く言葉を交わすと、船に備え付けてある薬箱を持って戻ってきた。

五

源三郎の船は、ちょうど昼前に、北品川宿にある問答河岸《もんどうがし》という船着場につけられた。一刻もかからぬ短い船旅だった。

「お侍、刀は預かりますよ。このまま乗り逃げじゃたまりませんからね」

「ああ、わかった」

小左衛門は素直に刀を預けた。

ほんとうは手許不如意なので、とんずらを決め込んでいたが、おまきがいる手前そんなことはできない。

それに金を作るあては、あるにはあった。ただし、その男がまだ品川に住んでいればの話である。

眼鏡の三蔵《さんぞう》――。

小左衛門とは古い付き合いだ。だからといって馬の合う相手ではなかった。互いに都合のよいときに手を組むだけで、普段の交際はない。

小左衛門は八《や》ツ山下《やました》に足を運び、脇道を御殿山《ごてんやま》のほうに向かった。半町ほど先を右に曲がると、三蔵の住む長屋がある。

木戸を入り奥に向かうと、手跡指南と腰高障子に書かれた家があった。小左衛門は胸を撫で下ろした。

頼みの眼鏡の三蔵は、居間で引っ繰り返って読売（瓦版《かわらばん》）を読んでいた。

「おい」

小左衛門が声をかけると、びっくりしたように飛び起き、かけている眼鏡を指で押さえて、じっと見てきた。

「なんだ、おめえか」

「相変わらずの愛想の悪さだ。ちょいと頼みがある」

「なんだ、金はねえぜ」

先に釘を刺されたが、小左衛門はへこたれない。

「八両ばかり都合できないか」

「へッ、金はねえといっただろう」

「おれにはある。二百両だ。だが、その金はある男が持ち逃げしている」

「なに、二百両だと」

三蔵は目の色を変え、この読売にはそんな吟味物（刑事事件）はのっていなかったといった。

「のるわけがない。表沙汰になっていないんだからな。だが、二百両はたしかにある。それを取り返したら、八両を倍返しする」

小左衛門はそういって部屋の中に金目のものがないか視線をめぐらしたが、そんなものは何もなかった。

「その八両ってェのは何だ？」

「船賃だ。とにかくいますぐいる。何とか都合してくれないか」

「船賃だと……。で、二百両ってェのはほんとうだろうな」

「嘘じゃない」

三蔵は眼鏡の奥にある目を光らせ、狡猾《こうかつ》な顔になった。

「倍返しじゃなく、礼金は二十両だ。都合二十八両。それなら手を打つ」

小左衛門は短く黙り込んで顔をあげた。

「都合つけられるなら、いいだろう」

「話のわかる男だ。だったらちょっと待っていな。すぐ戻ってくる」

三蔵は嬉しそうな笑みを浮かべて、長屋を出ていった。ひとりになった小左衛門は、三蔵が読んでいた読売を眺めた。

種々の事件や心中、刑死、火事騒ぎなどが書かれているのが読売だが、それにはとくに気に留めるような記事はなかった。

三蔵はほどなくして戻ってきた。金ができたという。

「さすがおまえだ。たしかに借りた」

金を受け取ろうとすると、三蔵はすぐに引っ込めた。眼鏡が外光を跳ね返していた。

「さっきの二百両の話、もっと詳しく聞かせてくれ。わかったな」

「わかった。船賃を払ったらすぐに戻ってくる。まあ、おまえの手を借りるのは悪くない」

やっと八両を受け取った小左衛門は、問答河岸に引き返した。源三郎とおまき、そして二人の水手が岸壁に立っていた。

三人とも何やら神妙な顔をしていた。

「なんだ、浮かない顔をして。約束の船賃だ」

小左衛門は金をわたし、預けていた大小を受け取った。

「村田さん、作右衛門さんの船があるの」

おまきがそういって少し先に繋いである五大力船を見やってつづけた。

「でも、作右衛門さんはいないの」

その言葉を源三郎が引き継いだ。

「昨日作右衛門が船を出したのは知っていた。だが、ここに着いたとき、作右衛門と下ばたらきの六助と米太郎は乗っていなかったというんです。気になったんでちょいとその辺で聞いたんですがねえ」

　小左衛門にはぴんと来た。

　沼尻の八十五郎は、船賃を払うのを嫌い、船主と二人の水手を殺したのだ。その推量はあたっているはずだった。八十五郎はそういう男だ。

「それで船から降りたやつはいたのか？」

　小左衛門は自分の推量は口にせず、そう聞いた。

「大きな侍と女が降りただけだそうで……」

「その二人がどこへ行ったか、それは聞いていないか？」

　源三郎は首を横に振った。

「とにかくわしらは作右衛門を探さなきゃならない。ではお侍、ここで失礼しやす。たしかに金は頂戴しました」

　源三郎はそのまま二人の水手を連れて、作右衛門の船のほうに歩き去った。

「どうした……」

　おまきがその場から動かないので、小左衛門は言葉をついだ。

「おまえはこの船で源三郎たちと帰るんだ」

「いや、あたしは村田さんといっしょにいる」

「なんだと」

小左衛門は眉間にしわを刻んだ。

「村に帰ってもつまんない。どうせ米饅頭を売るか、浜の仕事するだけよ。そんなのいやだもん」

「おまえ……」

「いや、連れてって、連れて行ってください。あたしはあの村には帰りたくない。江戸ではたらきたい。だから連れて行ってください。お願いです。頼みます。このとおりです」

おまきは目に涙を浮かべ、拝むように手をあわせて懇願した。

「そんなことといったって、おれには……」

「お願いだ、お願いだ、村田さんといっしょにいる。見放すなんてひどいよ、ひどいよ」

おまきは、うぇーんと、大声で泣きながら小左衛門の腰にしがみついた。

六

「ここがおれの家だ」

八十五郎は得意そうにいって、美沙を振り返った。その家は浜沿いの往還から少し坂を上ったところにあった。近くに泉岳寺《せんがくじ》という寺がある。

「ずいぶん小さい家だね」

美沙は小馬鹿にしていった。

「住めりゃ文句はない。昔は馬小屋だった。それをおれが買い取って、人間が住めるようにしたんだ。遠慮はいらねえ、入りな」

八十五郎はがらりと戸を開けて、美沙を土間に入れた。馬小屋だったというだけあって、たしかにそんな臭いが残っていた。

「気にするな。臭いにはすぐ慣れる」

土間先に板の間があるが、がらんと広いだけだ。衝立《ついたて》が三つ立ててあり、その奥に夜具が敷きっぱなしになっていた。八十五郎は雨戸を開けて、部屋を明るくした。

美沙は草履《ぞうり》を脱いで板の間に上がり、ぽつねんと座った。

「日本橋は近いのかい？」

「日本橋……近いっていえば近い。遠いっていえば遠い」

「どっちなんだよ」

「二里はねえさ」

「お城が見えなかったけど……」

「この辺からじゃ見えない。なんだ江戸見物でもしたいのか」

美沙はそっぽを向いた。なんだか田舎者と小馬鹿にされている気がした。

「急かせるんじゃねえよ。いまに飽きるほど城を見ることになる。日本橋も魚河岸も、そして猿若町《さるわかちょう》の芝居も、両国や浅草や上野もいやってほど見せてやる」

美沙はさっと期待する目を八十五郎に向けた。だが、すぐに思いなおした。

(あんたに連れて行ってもらわなくても自分で行くさ)

と、胸中で毒づいた。

「それで、これからどうするのさ？」

「商売だ。おまえはおれの仕事を手伝うんだ」

「なんだって」

「おまえはおれについて江戸に行くといっただろう」

「あんたの手伝いをするとはいってないわ」

「文無しでどうやって生きていくつもりだ」

「………」

美沙は八十五郎をにらんだ。

やっぱりこいつ殺してやる、と腹の中で毒づく。

「手伝いがいやだったら、苦界に身を沈めるか。え、おまえだったらさぞや高値で売れるだろう。すっぽんみたいな噛みつき女でも物好きな男がいるからな」

ガハハハ、と八十五郎は汚い歯茎を見せて笑った。

「うるせー！　化け物ッ！」

美沙は近くに転がっていた湯呑みを投げつけた。八十五郎にはあたらず、湯呑みは背後の柱にあたって砕け散った。

「威勢のいい女だ。だが、まあいい。おまえがちゃんとはたらきゃ、給金をはずんでやる。おまえはおとなしくしてりゃ、いい女だ。これからはしおらしい女になってもらう」

「何をやれってんだよ」

「いっただろ、商売の手伝いだって。おれはこう見えて居酒屋の主でもある。自分でいうのもなんだが、料理の腕はなかなかのもんだぜ」

八十五郎は得意そうな笑みを浮かべた。

美沙は疑いの目を向けながらも、わずかに興味を覚えた。

「金はたんまりある。あの船頭は思いもよらず金を持っていやがったから、当分贅沢をして暮らせる。だが、商売をぼちぼちはじめる。金はいくらあっても邪魔にならねえからな」

八十五郎はたっぷり金の入った巾着を掲げて、鼻先でぶらぶら揺らした。

美沙はその巾着を凝視した。何とかして、奪い取りたい。それまではこの男のそばにいなきゃならない。そして、隙を見て殺してやる。

「なんだ、なにを考えてやがる？」

八十五郎が巾着を膝許に置いて見てきた。

「わかったよ。あんたの店の手伝いをするよ」

「だんだんわかってきたようだな。それじゃ、まあおれの店をとりあえず見ておくか」

「これから行くのかい？」

「まだ明るい」

八十五郎はそういうと、着ていた羽織袴を脱ぎ捨て、着替えにかかった。美沙がいようがおかまいなしだ。

しかし、美沙は目をそらさず八十五郎の裸を見ていた。すごい筋肉である。もじゃもじゃと毛の生えている胸も肩も、そして両腕も太股も隆としている。そんなすごい肉体を見たのは生まれて初めてだった。

顔はともかく、その体を美しいと思った。

「何を見てやがる」

「なにも……」

美沙はそっぽを向いた。

「そうだ、おまえに新しい着物を買ってやる。そんな汚れたなりじゃ、いい女が台無しだ。ついでに白粉《おしろい》だの紅なども揃えてやろう」

「へえ、案外やさしいんだね」

八十五郎はそれには答えず、楽な着流し姿になり、さあ行くぞといった。巾着を手にぶら下げている。

「そんな大金もって歩いたら危ないんじゃないか」

美沙が注意すると、八十五郎はそうだなといって、居間に引き返し、一枚の床板を剝がした。それから床下に頭を突っ込んで、ごそごそと巾着をしまいにかかった。

(そこにあるんだな)

美沙はにやりと笑った。

八十五郎は金をしまい終えると、今度こそ家を出て店に向かった。

昼下がりの日はまだ十分に明るく、ゆるやかな坂下から気持ちよい潮風が吹いていた。

「そこの寺には赤穂《あこう》義士の墓がある。吉良《きら》と大石の喧嘩を聞いたことはあるだろう」

八十五郎がふいにそんなことをいった。

「それなら村芝居で見たよ」

「へえ、そうかい」

八十五郎はそう応じただけだった。美沙は後戻りしたかった。金の隠し場所はわかっている。あの金を盗んでとんずらすればいいのだ。

そのことを一心に考えていると、

「そこだ」

といって、八十五郎が立ち止まったので、美沙はぶつかりそうになった。

八十五郎は数間先の店を、そこがおれの店だと顎でしゃくって教えた。間口二間ほどの店だった。腰高障子に沼尻屋と書かれ、〈酒肴いろいろ〉とある。

店は芝車町《しばくるまちょう》にあり、東海道に面していた。そして、海がすぐそばにある。

美沙は周囲の位置関係を覚え込もうと、あたりを見まわした。すぐ先に大木戸があり、旅人たちが行き来していた。茶屋も多いし、大小の料理屋や居酒屋も少なくない。

「この通りは旅人が多い。それに旅人の送り迎えのために宴を張ることも少なくねえ。おまけに、品川に女郎買いに行く者や、その帰りにちょいと一休みする男たちもいる。商売をやるにはうってつけの場所だ」

八十五郎は得意そうにいって、店の前に立った。腰高障子の桟を指でなぞって、

「ずいぶん埃《ほこり》がたまってやがる。店を閉めていたから仕方ねえか……」

と、独り言をいったとき、その腰高障子が、中からがらりと開けられた。

店の中には数人の男たちがいて、八十五郎に剣呑な目を向けてきた。

「なんだ、おめえらは？」

相手は八十五郎には答えず、言葉を返した。

「ずいぶん待ったぜ、沼尻の八十五郎」

そういった男は、手にしている刀の鐺《こじり》で八十五郎の腹をつついた。

「てめえも年貢の納め時だ」

「何をいってやがる」

「おう。たっぷり話をしてやるからついてきな」

男が顎をしゃくった。八十五郎は動かなかった。

「ついてこいといってんだ！」

頭格の男が怒鳴ると、仲間の二人が、八十五郎の肩をどんと押して、行くんだと促した。

八十五郎を待っていた三人の男たちは、険悪な空気をまとっていた。ただ事ではないというのは、そばにいた美沙にもよくわかった。

しかし、これは八十五郎の家に戻り、金を持って逃げる絶好の機会である。だが、八十五郎がこの先どうなるのか、それも気にかかる。

相手は同じ浪人のようだが、一筋縄ではいかない雰囲気を持っている。やくざ一家で育った美沙は、そんな男たちのことがどうしても気になる。

「美沙、おまえは帰ってな」

男たちについていく八十五郎が、余裕の体で振り返っていった。

「でも……」

美沙が躊躇《ためら》うと、三人の男がじろりと見てきた。人を値踏みする嫌らしい目つきだった。美沙は視線をそらした。

「こいつらの話を聞いてやるだけだ。すぐに戻る」

八十五郎はそういったが、美沙は少し離れてあとを追った。

# 七

男たちは東海道から左にそれて、伊皿子坂《いさらござか》を上り、しばらく行ったところで右に入った。そこは棒杭で囲まれた、ちょっとした屋敷だった。庭が広く、牛舎があり、何頭もの牛が飼われていた。

芝車町を土地の者が「牛町」と呼ぶことがある。昔からこのあたりには牛を飼う家が多かったからである。

広い庭で使用人たちが水を汲んだり、餌を運んでいたが、八十五郎を連れてきた男たちを見ると、作業の手を止めて立ち止まった。

門は牛が逃げないように柵がしてある。美沙はその柵前で様子を見ることにした。

八十五郎は牛舎前で立ち止まっていた。

三人の男が逃げられないように脇を固めている。

やがて奥から七、八人の男がやって来た。

先頭を歩いている男は、派手な長襦袢のような着物を着ていた。裾がぞろぞろと地面を擦っていた。八十五郎より一尺ばかり背の低い男だった。

だが、目つきは尋常ではなく、剃《そ》りあげた頭がてかてかと日の光を照り返していた。その男のあとにつづく連中もただならぬ雰囲気を醸《かも》している。

ちびで坊主頭の男が立ち止まった。すると、その屋敷にいた者全員が、息を呑んだように静かになった。モウモウと啼《な》いていた牛も黙ったほどだ。

「何の用かと思ったら、牛飼いの茂《も》吉《きち》親分の呼び出しだったか。こいつらおれをずいぶん待っていたようだが、いったい何の用だ？」

「てめえ……」

牛飼いの茂吉はぎらつく目で、八十五郎をにらみあげた。全身に怒りを充満させているのがわかる。まわりの男たちも、一触即発の危険を漂わせていた。

「なんだ、何か話があるから呼んだんだろう。用があるならさっさと……」

「小紫《こむらさき》だ」

茂吉が遮ってつづけた。

「小紫が使い物にならなくなったのはてめえのせいだった。そのせいで小紫は喉を突いて自害した」

「小紫……。ああ、品川の飯盛りか。なんでおれが……」

「黙りやがれッ！　てめえにも小紫が味わった同じ苦しみを与えてやる。野郎ども、こいつを押さえるんだ」

周囲の男たちが一斉に動いて、八十五郎を押さえにかかった。

「あッ……」

柵前で成りゆきを見ていた美沙は、目をまるくして小さな声を漏らした。

取り囲まれた八十五郎があっさり押さえ込まれたからだ。茂吉の手下たちはめいめいに罵りながら、八十五郎を押さえ込んでいる。

巨漢がそんな男たちのせいで見えなくなっていた。八十五郎など、どうなってもいいはずなのに、美沙はほんの少し心配になった。爪先立ってよく見ようとしたとき、

「うぉおー！」

と、獣じみた喚き声がして、八十五郎に群がっていた茂吉の手下たちが、はじけるように吹っ飛んだ。まるで火山の噴火のようだった。

「なにしやがんだ！」

八十五郎は着物を乱れさせて、仁王立ちになってまわりの男たちをにらんだ。

「小紫が使いものにならなくなったのが、おれのせいだという証拠がどこにある！　自害したのはおれのせいでも何でもねえ。勝手におっ死んだ女郎のことなど、おれの知ったことじゃねえ。それともおれに因縁つけて喧嘩を売ろうっていうのか！」

八十五郎は早口で吼《ほ》え立てると、相撲取りが四股《しこ》を踏むように、片足を大きくあげてドシンと地面に下ろした。

「この野郎、何もわかっちゃいねえ。かまうこたァねえ、やっちまえ！」

茂吉の声で、一斉に刀が抜かれた。八十五郎も腰の刀を鞘走らせ、相手より先に斬りかかっていった。

あっという間に乱闘になり、まわりにいた使用人たちが、蜘蛛の子を散らすように逃げれば、静かにしていた牛たちが、乱闘をけしかけるようにモウモウと啼きはじめた。

八十五郎は撃ちかかってくる男たちの刀を撥ねあげ、すり落とし、あるいは右にかわして、斬りつけていた。

怒号と斬られた男たちの悲鳴が交錯していた。

舞いあがる土埃が、まるで靄《もや》のように広がっていた。八十五郎は腰に抱きついた男を、片手でつまみあげて牛小屋に放り込んだ。

とたん、牛たちが迷惑そうな啼き声をあげた。

刀を腰だめにした男が、八十五郎に突進していった。だが、八十五郎は巨体とは思えない身の軽さで、あっさりかわし、後ろ襟をつかむなりそのまま投げた。

投げられた男は手足をばたつかせて、天水桶に頭から突っ込んだ。八十五郎は圧倒的に強かった。庭には茂吉の手下たちが転がっていた。

だが、安心はしていられなかった。新たな男たちが、屋敷奥から怒濤の勢いで駆けつけてきたのだ。その数十五、六人。刀だけでなく、中には槍《やり》や刺股《さすまた》、袖搦《そでがら》みを持っている者もいた。

暴れまくっていた八十五郎はそれを見て、凝然と目をみはった。大きな肩が激しく上下している。

体力を消耗しているので、新たにやってくる者を相手するには分が悪いはずだ。

「どうすんだよ」

美沙は思わず柵をつかんだが、はっと我に返った。

こんなところで八十五郎のことを心配している場合ではなかった。金の在処《ありか》はわかっている。八十五郎なんか、ここでくたばってしまえばいいのだ。

美沙は身をひるがえすと、茂吉の屋敷を離れ、伊皿子坂を脱兎のごとく駆け下りた。

# 第三幕　伊皿子坂

一

　髪振り乱して駆けつづける美沙は伊皿子坂を下ると、東海道に出た。旅人や大八車を押す者たちが、何事だという顔をして見てきた。

　茶店で休んでいた男たちも、湯呑みを宙に浮かして美沙を見てくる。

（なに見てんだよ）

　美沙は走りながら毒づく。

　東海道から八十五郎の家のある坂道に入った。そのとき、一心不乱に駆ける自分のことを、なぜみんなが見てきたかがわかった。着物の裾が大きく割れ、片方の太股をさらして走っていたからだった。美沙は腰巻きも下穿きもつけていない。

慌てて前を隠し、頬を赤くしたが、

「ええい、かまっていられるか」

開き直ってさらに足を早め、八十五郎の家に飛び込んだ。そのまま板の間にあがり、床板を剥がした。

あった。

八十五郎が金をしまった箱があったのだ。

鋲《びょう》と金具が打ちつけてある頑丈そうな箱だった。ハアハアと息を整え、額の汗を片腕でぬぐって、蓋を開けようとしたが、ビクともしない。

両腕を使って渾身《こんしん》の力を込めたが、やはり開かない。どうなっているのだろうかと、頭を床下に入れて見ると、鍵穴があった。

(なに、鍵がないと開かないってこと……)

美沙は啞然《あぜん》となった。

どうしようかと座り込んで考えた。鍵は八十五郎が持っているはずだ。

だけど、八十五郎は茂吉の手下らに袋叩きになっているか、もう殺されたかもしれない。

（だったらどうやってこれを……）

床下にある箱を眺める。

表で鶯が清らかなさえずりをひびかせていた。

美沙は箱を引きあげて壊そうと考えた。だが、箱はとてつもなく重く、美沙の力ではあげられそうにない。それに、箱の一端に太い鎖がついていて、それが床を支える太い柱に繋がれているのもわかった。

箱から金を取り出すには、人の手を借りて箱を壊すか、八十五郎から鍵をもらうしかない。だが、八十五郎はもう茂吉の手に落ちているはずだ。

それじゃ誰かの力を借りようと思ったとき、

「そこだ。そこの家だ、逃がすな」

という緊迫した声と、いくつかの足音が近づいてきた。美沙は危機を感じ、剥がした床板を急いではめなおして逃げようと立ちあがった。

男たちが飛び込んできたのはそれと同時だった。

「おい女、逃げるんじゃねえ」

ひとりが板の間に飛びあがってきた。茂吉の手下だとわかった。

美沙ははっと顔をこわばらせ、庭から逃げようとしたが、そっちにも他の男がまわり込んでいた。

「なにすんだよ！」

逃げ場を失った美沙は、男たちを交互に見た。やってきた男は四人いた。

「ちょいと話があるだけだ。ついてこい」

板の間にあがってきた男が近づいてきて、美沙の腕をがっとつかんだ。

「放せ！」

振り切ろうとしたが、男の力は強かった。

美沙はさらに抗《あらが》おうとしたが、別の男がもう一方の腕をつかんだ。

「おまえは八十五郎といっしょにいたな。それにこの家にも、こうやっている」

面長で鋭い切れ長の目を持つ男だった。

「あたいは連れてこられただけだよ。あいつのことなんか、なんにも知らないんだ」

「そうかい。だが、一応話を聞きたいんだ。ついてきな」

いやだ、といって振り払おうとしたが無理だった。美沙は観念するしかなかった。

二

「なんだかよくわからねえな。どういう経緯《いきさつ》でそうなったのか、はじめから話してくれねえか。それもいい酒の肴だ」

あぐらを掻いている眼鏡の三蔵は、盃《さかずき》をぐいっとおまきのほうに差しだした。おまきが戸惑った顔で、小左衛門を見てくる。

「酌をしてやれ。今夜はこの家に世話になるんだ」

小左衛門とおまきは、三蔵の家にいるのだった。

「面倒くさいが、まあ話してやろう。その前におまき……」

三蔵に酌をしようとしていたおまきが、小左衛門を見た。

「いっておくが、おそらくおれはおまえが考えているような男ではないぞ」

おまきは小首をかしげる。

「自分でいうのもなんだが、おれはどうしようもない悪たれだ。盗みもすれば嘘もつくし、金を積まれれば人を殺しもする」

「嘘……」

「嘘だといってても、ほんとうのことさ。だから、おまえは源三郎の船で村に帰るんだ。まだ、あの船は問答河岸にあるはずだ」

おまきは人の心を探るような目を向けてきた。

「おまえはまだうぶだ。世間のことがよくわかっていない。おれみたいな男につきまとっていれば、ろくなことはない。村に帰るのがおまえのためだ」

「おまき、こいつのいうとおりさ。こいつはろくでもねえ野郎だ」

三蔵が口を挟んで、眼鏡の奥にある目を細めた。

「おい、おまえにはいわれたくない。黙ってろ」

小左衛門は三蔵をたしなめてから、言葉をついだ。

「船で帰りたくないなら、歩いて帰るんだ。今日はもう日が暮れるが、明日の朝途中まで送って行ってやる」

「いやッ。あたしは村には帰らない。おとっつぁんだって、どうせ気にしないに決まってる。あの親は娘を女郎にするような人間よ。あたしは大っ嫌いなんだ。それに自分のことを悪くいう人は、ほんとうの悪人じゃないわ。村田さんはきっといい人だとあたしは信じてるから」

「救えねえ女だな。おい小左衛門、どうする？　この小娘は何をいったって村には帰りそうにないぜ」

　小左衛門は内心でため息をつき、

「それじゃ話をする。それを聞けば、おれのことがわかるだろう」

　と、前置きをしてから二百両の金を、どのような経緯で手に入れたか話しはじめた。

　小左衛門が江戸を発《た》ったのは、半月ほど前だった。

　行き先は箱根だった。気まぐれな旅で、しばらく温泉場でゆっくりするつもりだった。

　ところが旅の一日目で泊まった神奈川宿で、二人の男に絡まれた。

　その晩小左衛門が宿にしたそばの料理屋で、器量よしの女中をからかったのが発端だった。女中もさほどいやがりもせず、冗談を返して小左衛門をうまくいなしていたのだが、勘定を頼むと、これがとんでもなかった。

「おい、一両とはなんだ。この店の酒はそんなに高いのか？」

「そうですよ。それでもお安くしてんだけどね」

「冗談じゃない。貝の佃煮《つくだに》を肴に酒二合と、茶漬けで一両も払っていられるか。いい加減に吹っかけやがって、いいからこれを取っておけ」

頭に来たので一分銀一枚を飯台に叩きつけて店を出た。一分でも過分なのだ。

ところが、店を出るなり、二人の男が追いかけてきた。

「おい、待ちな」

振り返ると、客間の奥にいた男だとわかった。ときどき感心できない目つきで、ちらちら見てきたから気になっていたのだ。

「なんだ？」

「旅人らしいが、この宿場で好きなことはさせねえぜ」

男はゲジゲジ眉を動かしてぎょろつく目でにらんでくる。連れの男も、肩をそびやかして威嚇《いかく》するように首の骨をコキコキ鳴らした。

「好きなことはさせないって、そりゃどういうことだ。それともおれが何か気に障るようなことでもやったか？」

「飲み逃げは許せねえってことだ。残りの金を払ってもらおう」

「なんだおまえら。あの店とつるんでる取り立て屋か。ふざけるな。金は払った」

「あと三分足りねえんだよ」

「おい、旅人の足許を見て商売をするにしてもほどがある。どけ」

小左衛門は追いかけてきた二人を押しのけて、そのまま泊まっている旅籠に入った。

癪《しゃく》に障ったので、客間に入ってもう二合の酒を飲んで眠りについた。ところが、夜中に何者かに押さえ込まれ、財布を盗まれてしまった。さいわい帯に縫い付けている金があったので、旅籠賃だけは払うことができたが、箱根で湯治をする金はすっかりなくなった。

旅籠を出ると、昨夜の店に行ったが、まだ開店していなかった。それで隣の茶店であれこれ訊ねてみると、件《くだん》の料理屋は宿場を牛耳っている万年屋長次郎一家が経営しているということがわかった。

万年屋は浜通りにある廻船問屋で、主が長次郎といった。その実態は博徒だというのもすぐにわかった。

小左衛門は万年屋を見張り、昨夜金を取り立てに来た男二人を見つけた。さらに、料理屋にいた器量よしの女中の顔もあった。

闇討ちをかけるように、人が寝込んだ客間に入って、財布を盗んだのは大方昨夜の二人組だと見当はついたが、小左衛門はひとはたらきすることにした。

万年屋は儲かっていそうだし、長次郎が目に入れても痛くないほど可愛がっている娘がいることを知った。

それで小左衛門は三下のことは放っておき、長次郎から金をふんだくることにした。

美沙という娘を攫って、身代金をいただくという計画を立てたのだ。

「それで、二百両を強請《ゆす》り取ったのか？　だが、その金はない」

三蔵が口を挟んで、またおまきに酌をさせた。

「話の腰を折るんじゃない。それとも面倒だから話をやめるか」

小左衛門も酒を飲んだ。

表はようようと暮れはじめていた。

「つづけてくれ。その先がどうなったか気になるじゃねえか」

三蔵同様に、おまきも聞きたそうな顔をしていた。

小左衛門は話をつづけた。


万年屋の前で見張りをすること半日、美沙という娘が日の暮れかかったころに店を出た。ひとりである。

小左衛門はあとを尾けた。美沙はまさに小股の切れあがった器量よしだった。少し気の強そうな顔をしていたが、それも小左衛門の気に入るところだった。

着物の裾にちらちらのぞく白い足首もよかったし、襟足にも色気があった。美沙は浜通りから宿場に向かっていた。

神奈川宿は滝の川を挟んだ東が神奈川町、西が青木町だった。この大きな町が宿中央で、繁華な場所となっている。

宿場に入られたら人目が多いので、小左衛門はその手前で美沙に声をかけた。

美沙はきょとんとした顔で振り返って立ち止まった。間近で見ると、

(こりゃ飛びきりのいい女じゃないか)

と、小左衛門は感動した。

「ちょいと道を聞きたいんだが、教えてくれないか」

そうやって近づくと、美沙は道にでも迷ったのかい、と蓮っ葉な口調で問い返してきた。

「どうやらそうらしい」

小左衛門は美沙の前に立つなり、当て身を食らわせ気絶させると、肩に担《かつ》ぎあげ、下見をしておいた空き家に連れ込んで、猿ぐつわを嚙ませ、柱に縛りつけた。

それから投げ文を書き、万年屋に引き返すと、小さな子供に声をかけて長次郎に文をわたすように頼んだ。

物陰に身をひそめて万年屋の様子を窺っていると、すぐに動きがあった。店の中から何人もの三下が飛びだしてきて、四方に駆け去っていった。

万年屋長次郎も店の前に立ち、落ち着かない素振りで、きょろきょろとあたりの様子を見まわしていた。

すぐに美沙を見つけることはできないはずだ。だが、長次郎一家は土地の者だから、油断はできない。急いで美沙を監禁している空き家に戻った。

だが、そこには見知らぬ客がいた。

小左衛門は戸を開けるなり驚き、刀に手をやったが、

「心配するな。おれは長次郎一家の者じゃねえ」

と、相手は無精ひげの生えている顎をずりずりとこすった。相撲取りのように大きな男だった。だが、大小を差しているし、野袴に打裂《ぶっさき》羽織というなりだ。

「何もんだ？」

小左衛門は敷居をまたいで、男をにらんだ。


「すると、そいつが金を持ち逃げしたってわけか」

三蔵が煙管を吹かしながら話の腰を折った。

「そいつが沼尻の八十五郎というやつだ。中山道深谷《ふかや》宿のそばに沼尻という村があり、そこから江戸に出たらしい。おれにはそういった。それに、沼尻という店を江戸に持っているとも」

小左衛門はゆっくり酒に口をつけ、家の中が暗くなってきたので、おまきに行灯《あんどん》をつけさせた。

「江戸のどこに店があるかわかっているのか？」

「それを聞きそびれているんだ」

「それじゃ探しようがねえじゃねえか。ま、それはあとでいい。それで、そのあとはどうなったんだ」

三蔵は話の先を促した。

「八十五郎の野郎、おれの計略に気づいていたのだ。じつは前の晩におれが襲われ、金を盗まれたことも知っていたんだ」

「なぜ？」

三蔵は眼鏡を指先で、ちょいと持ちあげて聞いた。

「同じ旅籠に泊まっていたんだ。夜中に騒々しい音を聞いていたが、眠気に負けて寝ていたらしい。ところが翌朝、おれが寝込みを襲われ金を盗まれたと騒いだので、ぴんと来ていたらしい。だが、盗人を見たわけじゃないので黙っていたという」

小左衛門は空き家の中で、八十五郎と向かいあって座っていた。

柱に縛りつけている美沙は、正気に戻り目を開けていたが、猿ぐつわをされているので口が利けない。代わりに足で床を蹴ったりして暴れたが、そのうち疲れたらしく、あきらめておとなしくなった。

「それでなぜここにいるんだ？」

　小左衛門は八十五郎を凝視して聞いた。

「面白いものを見たんだ。おまえがこの女を担いで走っているのをな。あいつ何やってんだと思って、そっとあとを尾けたのよ。ついでに、おまえがここから出て行くのを見ると、それも尾けた」

「なんだと……」

　小左衛門は大きく眉を動かした。

　とんだしくじりをやっていたと、内心で舌打ちした。

「案外抜けたところのあるやつだ。それで、おまえが何を企《たくら》んでいるかぴんと来たわけさ。万年屋の連中は、この娘を探すのに躍起になっている。高みの見物でもよかったが、おめえさんのやっていることが面白くなってな」

「それで何をいいたいんだ」

「おれも一枚嚙ませろ」

「ふざけるなッ」

「いや、おめえひとりじゃうまくいかないぜ。相手は田舎やくざでも、数が多い。束になってかかってこられたら、助かりっこない。そこはうまくやるつもりだろうが、相手を舐めないほうがいい」

「この野郎……」

「この娘は人質か……。いや、そうじゃねえな。おそらく強請《ゆすり》の種だろう」

八十五郎は不敵な笑みを浮かべた。

小左衛門は短く考えた。八十五郎を仲間に入れるべきかどうかである。たしかに思いどおりにいくとはかぎらない。

相手は罠《わな》を仕掛けてくるかもしれない。もし、その罠に引っかかれば元も子もない。それに八十五郎がいうように、長次郎一家は数が多そうだ。

また、八十五郎の申し出を断れば、長次郎一家に走られるかもしれない。

（斬り捨てるか……）

そんな考えもちらりと浮かんだが、八十五郎は一筋縄ではいかない体つきだ。刀とその拵えも見かけ倒しではない気がする。

いずれにしろ、いまこの男を敵にまわすのは得策ではない、と小左衛門は判断した。

「いいだろう。それじゃ助をしてもらおう」

八十五郎は嬉しそうに笑った。笑ったが気色悪い。図体もでかいが、目も口も鼻も大きかった。

「それでやはり、この女は強請の種か？」

「二百両と引き替えだ」

「ほう、そりゃすごい」

八十五郎は口をすぼめて驚いた。

「おまえの助っ人料は三十両だ。それで手を打ってもらう。いやならこの話はなかったことにする」

「強気だな」

八十五郎は短く視線を彷徨わせてから、

「いいだろう。おれはがめつい男じゃない。わかった、手を打つ」

と、応じた。

「やつを助っ人にしたのが運の尽きだったというわけか……」

三蔵が煙管を吹かしながら、小左衛門の話に水を差した。

「そういわれりゃ身も蓋もない」

小左衛門は当時を思いだして、苦々しい顔をした。

「しかし、金は巻きあげたんだな。その、万年屋長次郎から……」

「おれは一晩様子を見た。むろん、長次郎一家の動きを知りたかったこともある。そして、翌《あく》る日の昼前、街道から少し外れた一本榎《えのき》の下で、万年屋長次郎を待った。長次郎は番頭を連れてやってきた。その番頭が金を持っていたんだ。当然、長次郎は美沙はどこだといった。おれは金をもらうのが先だ。ほんとうに二百両あるかどうかたしかめたいといった」

「それで……」

「黙って聞け」

小左衛門は三蔵をたしなめてからつづけた。

「金はたしかにあった。巾着に切餅が八つ入っていた」

切餅とは二十五両（一分銀百枚）の金包みである。

「長次郎は美沙はどこだと聞いてきた。おれはそこに美沙を連れていかなかった」

「それでどうなった？」

「助っ人の八十五郎が、姿を見せたのは、おれが金を受け取ってすぐのことだった。やつはあたりに探りを入れていて、おれたちが長次郎の手下に取り囲まれていると大声で教えてくれた。おれはやはりそういうことだったかと、長次郎を罵ったが、もう八十五郎が長次郎の手下らと乱闘をはじめていてな。それでおれもやむなく刀を抜いて斬り合いをやったってわけだ」

「長次郎を斬ったんだな」

「八十五郎が斬った。それに、おれと八十五郎が斬ったのは五人ばかりだ。なにせ向こうの数が多かったし、おれは金を手にしたので早くずらかることにした」

「美沙って女はどこにいたんだ？」

「浜の小屋に放り込んでいた。おれと八十五郎は追ってくる長次郎一家を、うまくやり過ごしてその浜に戻った。そこでもう一度金をたしかめてから、この先どうしようかという話になったんだが、八十五郎の野郎が金はおれのものだと欲を出しやがった」

「それで斬り合いになって、おまえは斬られ、そしてこの女に助けてもらったってわけか。だらしねえ話だ」

三蔵は勝手に話を締めくくって、あきれ顔をした。

「何とでもいいやがれ。だが、おれはあの金を取り返さなければならぬ」

「そりゃそうだ」

小左衛門は三蔵を無視して、おまきを見た。

「いまの話で、おれがどんな人間だかわかっただろう。決して善人じゃない。だから、おれといっしょにいてもいいことはない。とにかくおまえは帰るんだ。船で帰りたくなければ、明日歩いて帰れ」

「いやッ」

おまきは強くかぶりを振った。

「村田さんは、心から悪い人じゃないもん。だって、お金を騙《だま》し取ってやった相手は、宿場の嫌われ者のやくざじゃない。長次郎は悪人よ」

「まあ、そうかもしれぬが、おとっつぁんと弟が心配するだろう」

「あの二人はそんな心配なんてしないわ。米代が浮いて助かるぐらいにしか思わないんだから」

小左衛門はあきれ顔をして、三蔵を見た。

「好きにさせりゃいいじゃねえか。それに何かの役に立つかもしれねえ」

三

「姉さんは、あのでくの坊といっしょだったが、いつからの知りあいだ？」

牛飼いの茂吉は長煙管をすぱっと吸いつけてから聞いた。人を値踏みするような嫌らしい目つきである。

（なによ、このちんけなやつは……）

美沙は蔑《さげす》んだ目で茂吉を見たが、すぐに視線を外した。

そこは茂吉の屋敷だった。

美沙と茂吉が向かいあっているのは座敷だが、ただの座敷ではない。襖や屏風には極彩色の花や鳥の絵が描かれていて、欄間の意匠も凝っているし、床の間には高価そうな壺があり、花を品良く生けてあった。

屋敷全体は家畜臭いが、その座敷には香りのいい香が焚かれている。

「何を黙ってるんだ。おれはおまえさんのことを知りたいんだ」

茂吉が長煙管で煙草盆を、コンコンと叩きながら言葉を重ねた。

「あの男のことなんか何も知らないわ。あいつに、無理矢理連れられて来ただけなんだから」

「……どこから？」

「神奈川宿よ」

「ほう、あの男、神奈川に行っていたのか……」

「それはどうか知らないけど、あたいの親を殺したやつよ」

「なに、おまえの親を……どういうことだ？」

茂吉は小さな体を少し乗りだし、額に二本のしわを走らせた。血色のよいその顔は、油を塗ったようにてかてか光っていた。

「あたいを攫って、うちの親から身代金を取ろうとしたのよ」

美沙はそこまでいって、警戒心をはたらかせた。

金のことは口にしないほうがいいと考えたのだ。もし、あの金のことをいえば、この茂吉が取るに違いない。

「身代金……いくらだね？」

「知らない。わたしは攫われただけだから。だけど、金は取れなかった。うちの親は殺されちまったけど……」

美沙は嘘をついた。それでいいと思った。

「お気の毒なことだったね。しかし、八十五郎は金を受け取っちゃいないってことか。で、あんたの親は何をやっていたんだね？」

美沙は小さなため息をついた。

いろいろと聞きたがるジジイだと内心で毒づく。

「そんなこと聞いてどうすんのさ」

「どうもしやしない。あんたのことを知りたいだけだ。で、親の仕事はなんだったんだね。身代金を狙われるぐらいだから、まさか百姓や漁師じゃないだろう」

「小さな廻船問屋をやっていただけよ。でも、もう親が殺されてしまったから、店も終わりだわ」

「ふむ……」

茂吉は目を細めて腕を組んだ。

「帰してよ。もう用はないでしょう」

「いやいや、そういうわけにはいかねえ。まだ、あんたのことを信用したわけじゃない。なにせ、あの男といっしょにいたんだからな」

「だから、あたいはあいつとはなんの関係もないんだって、いま話したばかりじゃない。あ、そうそう、あいつどうなったの？」

それは気がかりだった。八十吉はあの頑丈な箱の鍵を持っているはずなのだ。

「くたばりかけているよ」

「どこで……」

「この屋敷にある牢に放り込んである。あっさり殺したんでは、おれの気が晴れないからね。あいつはおれの大事な小紫を可哀相な目にあわせた男だ。地獄に送り込む前に、いやってほど苦しみを与えてやらなきゃ気がすまないんだ」

そういった茂吉は、さも悔しそうに奥歯を嚙んでギリギリいわせた。

「小紫って品川にいた女郎なんでしょ。昼間、八十五郎がそんなことをいってたわね」

「おれの可愛がっていた女さ。まあ、たしかに女郎だったが、まさかあの怪物に壊されるなんて、そんなことは思いもしないことだった」

「壊されたって、なにを？」

美沙はまじまじと茂吉を見て訊ねた。

「なにって、ナニだよ。小紫の大事な秘所さ。あのでくの坊の逸物はよほどでかいらしい。まあ、あの図体だからそうなんだろうが、その逸物を明日はちょん切ってやる」

「…………」

美沙は絶句した。

八十五郎に襲われなくてよかったと、いまさらながら胸を撫で下ろした。きっと巨根の持ち主なのだ。そんなもので突きまわされたら、たまったものじゃない。

「まあ、とにかくあんたとはもう少し話をしたい。それにこのまま放っておくには惜しい女だ。小紫もいなくなったことだし……」

茂吉はそういうと、ねばつく視線で美沙を見つめ、舌舐めずりした。

「ちょいと、まさかあたいをその小紫の代わりにしようなんて考えてないだろうね」

美沙はゾッとした。

こんなちんちくりんのジジイに玩具《おもちゃ》にされたくない。

ただでさえ、育ての親になった長次郎に、いいように弄《もてあそ》ばれてきたのだ。その親が死んで、あの苦しみからやっと抜けだせた矢先である。

「そんなことは考えちゃいないよ。だけど、あんたがその気になってくれたら、きっといい思いをさせてやるよ。苦労と縁のない暮らしをさせてあげるよ。だが、まあそれは少し考えることにしよう」

おい、と茂吉が座敷の隅に控えていた男を見やると、その男が立ちあがって、美沙のそばにやってきた。

「なんだよ」

美沙は男を見あげた。

「あんたの部屋に案内してやる。今夜は泊まっていくんだ」

「いやよ！　帰してよ！」

美沙は男をにらみ、それから茂吉にキッとした目を向けた。

茂吉が意にも介さないという顔で顎をしゃくると、美沙は男に強く腕をつかまれて立たされた。

四

美沙が連れて行かれたのは、屋敷のずっと奥にある小さな座敷だった。何度も廊下を右に曲がったり、左に曲がったりしたので、そこがどの辺にあるのかわからなくなっていた。

おまけに障子の向こうにある廊下には、見張りがいた。

縁側の雨戸を開けようとしたが、ビクともしなかった。狭い座敷内を自由に歩きまわることはできるが、ただそれだけのことで、そこから表には出られそうにもなかった。

（困ったなあ……）

美沙は膝を抱え込んで座った。

八十五郎は屋敷内にある牢に入れられている。茂吉がそういった。牢はどこにあるんだろうかと考えるが、まったく見当がつかない。

モウと啼く牛の声が、ときどき聞こえてくるだけで、屋敷内はいたって静かである。人の話し声さえ聞かれない。

「ねえ、そこに誰かいるでしょ。わかってるんだから」

廊下の見張りに声をかけたが、返事はない。

「いるんでしょ。教えてもらいたいことがあるんだ」

「………」

「なんだよ。うんとかすんとかいったらどうなんだい」

「……なんだ?」

声が返ってきた。美沙はにやりと笑った。

「この屋敷に牢があるって聞いたんだけど、それはどこにあるんだろう」

「そんなことは知らなくていいことだ」

「あたいは知りたいの。教えてくれないかな」

「………」

再び見張りは黙り込んだ。

美沙は気を引こうと何度も声をかけたが、まったく反応がない。

そのうち痺《しび》れを切らし、大の字に引っ繰り返って天井を見つめた。疲れていたのか、そのまましばらく眠ったようだ。

目を開けて、頭を動かして廊下を見た。

見張りはまだそこにいる。気配でわかった。

「あんた、ずっとそこで見張りをしてるのかい？　それとも誰かと替わるのかい？」

「…………」

「何とかいえってんだよ」

毒づいてまた天井を見た。

どうにかしてこの座敷を出て、八十五郎が放り込まれている牢に行きたい。鍵を受け取るだけでいいのだ。

（何とかできないかしら……）

美沙は何かいい知恵がないかと、あれこれ考えた。

部屋の隅に行灯が置かれている。安い魚油を使っているらしく、煤《すす》が立ち昇っている。

美沙はゆっくり半身を起こした。自分の影が壁に大映しになった。

考えたことがあった。見張りは男だ。男は誰もがすけべえだ。見張りは甘い言葉だけでは籠絡《ろうらく》できないだろうが、色気をちらつかせれば何とかなるかもしれない。

美沙は女の武器を使おうと思い立った。

静かに息を吸い、吐きだしてから、小さく咳《せき》をして、

「ねぇ、ちょっと……あたい……ねえ、そこにいるあんた……」

ちょっと鼻にかかった甘ったるい声を漏らし、廊下側に体を向けた。

「なんだかあたい、おかしい。おかしくなっちゃった。ねえ、あんた、ちょっと顔を見せて……ねえったらねえってば……」

「……どうした？」

「おかしいのよ、ちょっとそこを開けて……ねえ。お願い……」

見張りは躊躇っている。

「苦しいの。放っておかないで、ねえ……」

障子がゆっくり開けられた。美沙は同時にゆっくり両足を開いた。腰巻きも下穿きもつけていないから、見張りの目が大きく見開かれた。

「あんた、ちょっとあたいを慰めてくれない。ほしいの」

美沙は腰をくねらせ、太股を露わにし、乳房が見えるほどに襟を開いた。

見張りの男はゴクッと生つばを呑んだ。

「ちょっと背中をさすってほしいの。なんだか息苦しくて……お願い……。あんたとあたいしかいないんだからいいじゃない。誰にもいわないから。ねえ、そう約束するから」

見張りは一度廊下の一方を見て、座敷に入ってくると障子を閉めた。

「大丈夫か……」

見張りは声をうわずらせて近づいてきた。

美沙は濡れたような目で、色気たっぷりに腰をくねらせて、見張りの手をつかんだ。

「ここをさすってほしいの。ここに来て、座って……」

つかんだ相手の手を引いて、両腕を首にまわした。とたん、見張りはうなじに口を吸いつけ、そして美沙を押し倒した。

「ないしょだぜ、いうんじゃねえぜ……」

見張りはそういって口を吸いにきた。

美沙は見張りの腰に手をまわし、短刀を奪い取った。素早く体を横にずらして、つかんだ短刀の刃先を、見張りの首筋につけた。

虚をつかれた見張りは、声もなく顔をこわばらせた。

「変なことしたら首を斬るからね。牢はどこにあるんだい。いわなきゃ、ぐさりとやるよ。さあ、いうんだ。大声出すんじゃないよ」

「ま、待て、それを離せ」

「いうのが先だ。さあ、教えるんだ」

見張りはよほど小心者なのか、短刀を突きつけられただけで、血の気をなくしてふるえあがった。

美沙がもう一度早く教えろと脅すと、ぺらぺらと牢の場所をしゃべった。すべてを聞き終わると、美沙は短刀の柄頭で見張りの後頭部を強く打った。

見張りはあっさり気を失い倒れた。その見張りが身につけていた帯と紐を使って、きつく縛りつけ、ついでに猿ぐつわも嚙ませた。

当分気づかれないはずだ。うまくすれば、明日の朝まで気づかれないかもしれない。

美沙はそっと廊下側の障子を開けると、警戒の目をあたりに向けて座敷を抜けだした。

五

月夜だった。

うまく表に抜けだした美沙は、しばらく暗がりで身をひそめて、あたりに注意の目を配った。広い庭は閑散としている。母屋から漏れる明かりはあるが、人の声は聞こえなかった。牛舎からガサガサと牛の動く音と、小さな啼き声が聞こえるぐらいだ。

さっきの見張りから奪い取った短刀を腰に差し、暗がりを選んで庭の奥に進んだ。

牢は牛舎の一番奥にあるということだった。

庭には大八車や猫車が置かれていたり、牛の餌が山のよう積んであったりした。井戸の先で牛舎は切れていた。

(どこ……)

美沙は井戸の陰に隠れて、目を凝らした。と、一方から誰かがやってきた。美沙は腰を低くして井戸の陰で息を殺した。

やってきたのは男で、腰に長脇差を差していた。それから、井戸水を汲みあげ、ゴクゴクと喉を鳴らして飲んだ。

男がまわり込んだら見つかる。美沙はドキドキしながら、見つかったときのことを考えた。騒がれたら終わりだ。腰の短刀にそっと手をのばした。

「へえー」

男は奇妙な声を漏らして、大きなくしゃみをし、そのまま門のほうに歩き去った。

美沙はその男を見送ると、牛舎の外れにある牢に駆け寄った。

それは牢と呼ぶより、獣を入れる檻《おり》というべきだった。大木でまわりを囲ってあり、屋根も大きな丸太でできていた。しかし、牛一頭が入っている牛舎の半分もないという狭さだった。

八十五郎は地面に敷かれた藁《わら》の上に、縮こまるようにしてうずくまっていた。暗がりの中で、八十五郎の目だけがぎょろりと光った。

「なんだ、おまえか……」

八十五郎が気づいた。

「しッ、大きな声出さないで。でも、大丈夫なの」

「情けねえがこのザマだ。だが、何てことはない。美沙、おれのいうとおりにするんだ」

「なんだよ、捕まってるくせにあたいに指図するのかい。あたいはあんたの使用人じゃないんだ」

「うるせえ、四の五のいうんじゃねえ。隣の小屋に鍬《くわ》とか杵《きね》があるはずだ。それを持ってこい」

「どうするの？」

「ここを出るんだ。こんな狭苦しいとこにいつまでもいられるかってんだ。早くしろ」

「鍵……」

美沙は手を差しだした。

「なんだ……」

「あんたの家の床下に金箱があるだろう。その鍵だよ。それをくれたら持ってきてやるよ」

「鍵なんてねえさ。持ち物は全部茂吉の手下に持って行かれた。刀も何もかもだ」

「ほんとかい」

「嘘いってどうなる。いいから早くしろ。人が来ねえうちにここを出るんだ。床下の金箱は鍵がなくても開けることができる。それより、やつらが家探しして持ち去っていたらことだ」

それは心配なことだった。美沙は逡巡《しゅんじゅん》しながら考えた。いま八十五郎から離れることはできる。だけど、八十五郎の家に戻ったとき、茂吉の手下がいたらどうする？

美沙は短く迷った末に、隣の小屋に行って頑丈そうな鍬と大きな杵を選んで、八十五郎のいる檻に戻った。

八十五郎は地面に打ち込まれている丸太と丸太を繋ぐ横木を、鍬を使って外しにかかった。横木も頑丈な丸太なので、なかなか外れそうにない。

美沙はじっと見ているしかない。ときどき誰か来やしないかとまわりに注意の目を向けもした。

八十五郎は鍬をてこのようにして横木を外そうとしていたが、ボキッと鍬の柄が折れてしまった。

「どうなの？」

「この横木が外れりゃ、なんとかなるんだ。人が来ないかよく見張っておけ。大きな音を立てることになるからな」

八十五郎はそういうなり、杵を横木に叩きつけた。意外と大きな音は出なかった。ドスンと、腹にひびく音がしただけだ。それを三回つづけると、横木が動いた。

「よし」

八十五郎は杵を放ると、あとは馬鹿力を使って横木をあっさり外した。それから垂直に立っている丸太と丸太の間に、自分の巨体を無理矢理入れ、全身の力を使って二本の丸太を広げにかかった。

「んーん、むむむっ……むむッ……」

はだけている八十五郎の筋肉が隆と盛りあがり、額に青筋が立った。暗がりなのに、顔が真っ赤に充血しているとわかる。二の腕の筋肉がピチピチと音を立ててははじけるのではないかと思うほどだった。

丸太がギシッと音を立てて少し動いた。そうなるとあとは簡単で、八十五郎はいとも容易く檻から出てきた。

「美沙、門に向かってまっすぐ走って逃げるんだ。おれは牛舎の牛たちを放す」

「そんなことしたら騒ぎになるじゃない」

「それがこっちの狙いだ。やつらは牛を捕まえ、牛舎に戻すのに必死になる。おれが逃げたことに気づくのはそのあとだ」

「あんた、案外利口なとこあるんだね」

「馬鹿にするんじゃねえ。さ、行け」

美沙はいわれたとおりに、柵になっている表門に向かって走った。背後で八十五郎が牛舎の牛を放している。モウモウという啼き声が徐々に増えて、大きくなっていった。

八十五郎が茂吉の屋敷を出たとき、男たちが庭に飛びだしてきて、慌てて牛を捕まえにかかった。

「急げ」

伊皿子坂を駆けながら八十五郎がけしかける。

「わかってるわよ」

「あいつらが気づくのに手間は取らないはずだ」

「だから走ってるじゃない。ウダウダいうんじゃないよ」

美沙はドスドスと地響きを立てて走る八十五郎を追い抜いた。東海道に出て、少し行ったところを曲がり、泉岳寺につづく坂を上った。

八十五郎の家には誰もいなかった。

「まさか金箱がなくなってるってことないよね」

美沙の心配をよそに、八十五郎は床板を剝がした。箱はあるといって、床下に頭を突っ込んでゴソゴソやった。それからすぐに巾着をつかみ取って、あぐらを搔いた。

「金はあるのね」

「ここにあるさ。さあて、どうするか……」

「いったいあの茂吉って何者よ?」

「牛飼いだ。だが、品川で何軒かの女郎屋も商ってる。博徒じゃないが、このあたりの顔役だ。手下も多い」

「明日はあんたの大切なものをちょん切るといってたわ」

「あいつならやりかねねえ。だが、そうはいくか」

「どうすんの?」

「ここはまずい。おれの店もまずい。とりあえず、日本橋のほうへ逃げよう。茂吉は厄介な野郎だ。これ以上関わりたくねえ」

八十五郎にしてはめずらしく気弱なことをいう。だが、美沙は日本橋と聞いて、目を輝かせた。幼いときから憧れ、夢見ていた場所である。

六

その朝、のんびりと品川を発った小左衛門と眼鏡の三蔵、そしておまきは右手に江戸湾を眺めながら日本橋方面に向かっていた。

昨夜、三蔵が聞き調べをして、八十五郎と思われる大男が女を連れて、品川から北へ向かったということがわかっていた。

小左衛門はそれを聞いたとき、八十五郎と美沙に違いないと思った。しかし、美沙がおとなしく八十五郎についているのが解せなかった。

八十五郎は美沙の父親長次郎を斬っているのだ。そして、美沙の許嫁《いいなずけ》だったという番頭は小左衛門が斬っていた。

そのことは八十五郎が自ら話したので、美沙はすでに承知している。美沙からすれば、小左衛門と八十五郎は、憎むべき敵《かたき》である。

だが、三蔵が聞いた話では、八十五郎と美沙に険悪な様子はなく、むしろ友達同士みたいに見えたという。

（いったいどうなってるんだ……）

疑問に思う小左衛門だが、とにかく八十五郎を見つけて金を奪い返さなければならない。

「そこで休もう」

大木戸まで来たところで三蔵がそういった。

「まだ品川を発って間もないじゃないか」

小左衛門が苦言を呈すると、

「どうも朝から腹の具合が悪いんだ」

と、三蔵は気弱そうに眉尻を下げ、腹をさする。それから厠を借りに行くといって、一軒の茶屋に飛び込んでいった。

小左衛門とおまきは、緋《ひ》毛氈《もうせん》の敷かれた床几で茶を飲んで待った。

「人がいっぱい」

おまきは目の前を行き交う旅人や行商人たちを眺めていう。馬を引く馬子もいれば、牛車に材木を積んでいる者もいたし、僧侶や侍の姿もある。

高札場のあたりに人垣ができていた。何か新しい触れでも出たのだろう。

大木戸には昔、門番所や土手や柵があったらしいが、いまは石垣と土塁《どるい》が残されているだけだった。

「いやあ、まいったまいった」

三蔵がすっきりした顔で、腹をさすりながら戻ってきた。

「それじゃ行くか」

先を急ぎたい小左衛門が立ちあがると、三蔵が待て待てと制した。

「なんだ？」

「いま、妙なことを聞いたんだ」

「妙なこと……」

「昨夜、牛飼いの茂吉の屋敷で騒動があったらしいが、茂吉の手下が沼尻の八十五郎って男を探してるらしい」

「どういうことだ？」

小左衛門は床几に座りなおした。

三蔵は茂吉がどんな人物であるかを簡略に話して、言葉をついだ。

「おそらく昨夜の騒動に、八十五郎が絡んでいるんだろう。どんな騒動だったのか、それはわからねえが……」

それは大いに気になることだった。小左衛門はあたりを見まわした。すると、三蔵が道理で茂吉の手下がうろついているわけだ、と独り言のようにいった。

「知っているやつがいるのか？」

「顔見知り程度だ」

「詳しい話を聞いてこい」

小左衛門が指図すると、三蔵はいやがりもせず立ちあがって通りがかったひとりの男を呼び止めた。それから短いやり取りをして、三蔵は戻ってきた。

「どうやら八十五郎と茂吉が揉めているらしい。どうしてそんなことになったかは教えてくれなかったが、八十五郎は行方をくらましたようだ。連れの女もいっしょだ」

「で、どこへ行ったか見当はついているのか？」

「それはわかっていないようだ。八十五郎はこの近くに沼尻という居酒屋を持っていたらしいが、そこも閉めたままだ。住まいは泉岳寺門前にあるが、そこにもいないらしい」

「つまり、逃げたってことか……」

「そのようだ」

小左衛門は往還の先に目を向けた。八十五郎はあの図体だから目立つ。それに、美沙を連れていればなおのことだ。

こまめに聞き込みをしていけば見つけられる気がする。いや、何がなんでも探しださなければならない。

「茂吉って男は品川の顔役でもあるんだな。そういったな」

「ああ、女郎屋も何軒か持っている」

「すると八十五郎は品川には逃げなかったはずだ。うどの大木みたいなやつだが、小賢しいところがあるからな」

「それじゃ北へ向かったんだろう。何か聞いていないのか」

三蔵が見てくる。

小左衛門は八十五郎と交わした言葉を思いだしたが、考えてみれば個人的なことはほとんど話していなかった。それでも、八十五郎を探す手掛かりになる言葉はなかったかと考えた。

「とにかくここにいても、何もはじまらぬ。行こう」

小左衛門は床几から立ちあがった。

そのまま三人は東海道を北へ向かった。もちろんただ歩くのではなく、ところどころの茶屋や商家に立ち寄って、八十五郎のことを訊ねていった。

芝田《しばた》町、浜松町と過ぎ芝口《しばぐち》一丁目まで来たとき、やっと手掛かりになるような話が聞けた。それはおまきが聞いてきたのだった。

「そこの古着屋さんで、大きな男の人が連れの女の人に着物を買ってあげたんだって。それでその女の人は着ていたものを捨てて、着替えて出ていったらしいわ」

「どっちへ行ったか聞いたか？」

「あっちのほう」

おまきは京橋《きょうばし》のほうを指さした。

# 七

日本橋をわたったのは昼九つ（正午）過ぎだった。

小左衛門たちは八十五郎の足取りをつかむために、あちこちに聞き込みをかけていったが、京橋のあたりから行方がわからなくなった。

京橋から日本橋にかけての通りは人の往来が多く、大店も多い。おまきはまるでお祭りみたいだと目をまるくして、聞き込みよりもいろんな店を眺めてはため息をついていた。

おそらくおまきには、何もかもが華やかで贅沢に見えているのだろう。着飾った町娘の着物も田舎にはない艶《あで》やかさがあるし、高級店には一級の品が陳列されているから無理もない。

「これ以上先へ行っても無駄かもしれぬな」

小左衛門は室町《むろまち》一丁目を過ぎたところで立ち止まった。

「そうだろう。ちょっと待ってくれ、また腹がぐるぐるいいはじめやがった」

三蔵は腹と尻を押さえ、奇妙な足取りでそばにある茶屋に飛び込んだ。

小左衛門とおまきは、顔を見合わせて苦笑するしかない。

「村田さんはどこに住んでいるの？」

茶屋の床几に腰をおろしてから、おまきが聞いてきた。

「深川《ふかがわ》だ。そういってもわからぬだろうな。あっちのほうだ」

小左衛門は東の方角を指さした。

「今夜はそこに……」

「そのつもりだ」

小左衛門はそう応じたが、三蔵のことをどうしようかと考えた。

三蔵は深川に足を入れられない男だ。二年前、佃の朝吉《あさきち》という深川の博徒一家に不義理をしている。そのことがあって、三蔵は品川に隠れ住んでいるのだった。

不義理というのは、賭場の借金を踏み倒したことである。

金四十両。とても三蔵に払える金ではなかった。

小左衛門はそのことを考えて、大丈夫かな、と少し心配になった。

「お待たせお待たせ、いやいやまいっちまうな。あの薬は効きやしねえ」

三蔵が厠から戻ってきてぼやいた。途中で下痢止めの薬を買って服用したが、効果がないようだ。

「で、どうする?」

小左衛門はなんだか顔色のすぐれない三蔵を見て聞いた。

「今日はもうやめようじゃねえか。おれは疲れちまったよ。それに、この腹がなんとも心配でな。早くおまえの家に行こうじゃないか」

「おれの家に。おまえは深川に足を入れられない男だぞ」

「何いってやがる。もう二年も前の話じゃねえか。朝吉一家のことをいってるんだろうが、どうってことねえさ。ほとぼりは冷めてるだろう」

「そうかな……」

「心配するな。何かあったらおれが責任持つからよ。さ、行こうぜ。おまき、何もかも片づいたらゆっくり江戸見物させてやるよ」

「ほんとですね？」

おまきは目を輝かせた。

三人は茶屋をあとにすると、そのまま深川に足を向けた。

小左衛門は永代橋《えいたいばし》をわたりながら、大川の上流と海のほうに目をやった。

（八十五郎の野郎、どこへ行きやがった）

箱根でのんびり湯治をするつもりだったのに、すっかり予定が狂ってしまった。しかし、二百両という大金がかかっている。いまは八十五郎を探すしかない。

「三蔵、眼鏡だけでも外したらどうだ。かけてると目立っちまうだろう」

小左衛門は永代橋をわたりきったところで注意を促した。

「気にすることたァねえさ。外すと見えなくなるんだ」

「しょうのないやつだ」

小左衛門の家は、黒江《くろえ》川に架かる八幡橋《はちまんばし》をわたった黒江町にあった。一の鳥居の手前を左に入ったところである。そこは西念寺《さいねんじ》の境内の離れだった。

そういって立ち止まったのは、勘助《かんすけ》という朝吉一家の若い衆だった。ちょうど一の鳥居をくぐったところだった。

「おい、見たか」

「なにをだい？」

間の抜けたことを聞くのは、朋輩の千代吉《ちよきち》だった。

「いまそこを曲がった野郎がいただろう。若い女を連れていた」

「いい女だったかい？」

勘助はぺしりと千代吉の頭を叩いた。

「馬鹿、どうも眼鏡の三蔵だった気がするんだ」

「なんだって、そりゃあほんとうかい？」

「男は二人いたが、そのひとりは眼鏡をかけてやがった。ひょっとすると、あの三蔵が深川に戻ってきたのかもしれねえ」

「おい、そりゃ一大事じゃねえか」

「そんな大袈裟なことじゃねえが、もし三蔵だったら放っておけねえことだ」

「そりゃそうだ。で、どっちに行きやがった？」

千代吉はただでさえ大きな目を、さらに大きくする。

「西念寺横町に曲がって行きやがった。千代吉、たしかめるんだ」

勘助が片腕をまくって意気込めば、千代吉も同じように腕をまくってあとにしたがった。

横町に入ればすぐに西念寺の山門がある。二人は寺をやり過ごして黒江川の河岸道に出た。そのあたりを土地の者はかわらけ町という。

勘助と千代吉は、目を皿にしてあたりを注意深く見た。

「女連れの男二人なんていやしねえぜ」

千代吉がいってつづける。

「ひょっとすると途中の長屋か家に入ったんじゃねえか。それでその男ってのはどんな野郎だったんだ」

「そこまでよく見なかったからわからねえが、二本差しだ。女は若そうだった」

「だとすりゃ浪人ってことか……」

「まあ、そんなもんだろう。眼鏡の三蔵も浪人だ。ひょっとすると仲間を連れてきて、賭場で一儲けしようって魂胆かもしれねえ。だが、そうはいかねえさ」

勘助がぶつぶついいながら来た道を引き返していると、

「おい、見ろ」

と、千代吉に袖を引かれた。生垣の向こうを指さしている。

「すぐそこだ。寺の離れだ。縁側に眼鏡野郎が立ったんだ」

「ほんとか」

勘助は生垣にしてある犬槙《いぬまき》の隙間から境内をのぞき込んだ。そこが寺の離れで、人に貸している家だというのは知っていたが、誰が住んでいるかは知らなかった。

しばらく見ていると、若い女が楽しそうに笑って縁側に立ち、その横に眼鏡をかけた男が立った。どこか遠くを指さして何かを話しているが、勘助は「あッ」と驚きの声を漏らした。

「千代吉、あいつだ。間違いないぜ。眼鏡の三蔵だ」

「どうする?」

「親分に知らせるんだ」

「よし」

二人は急いで、佃の朝吉の家に走った。

# 第四幕　深川

一

　佃の朝吉は、二階座敷で愛妾のお多津《たづ》の膝に頭を預け、耳掃除をしてもらっていた。

　ゆるやかな潮風がその二階座敷にそよいでいた。

　お多津は朝吉の耳掃除の手を少し止め、優雅に舞いながら笛のような声を落としている鳶《とび》を見、それから大島《おおじま》川の先にある黒船稲荷《いなり》を見て、また耳掃除にかかった。

「眠ったんですか？」

「いや、こうやってるだけで気持ちがいいんだ。だが、ちょいと眠っちまうか」

　朝吉は一度開けた目をもう一度閉じた。

「気持ちがようござんしたら、どうぞ寝てくださいな」

お多津はやさしいことをいってくれる。

そのとき、ばたばたと階段を駆けあがってくる足音がした。

朝吉は目を開けて、いってェ誰だ、と毒づいた。

「親分、大変です」

二階にあがってきたのは、勘助という三下だった。まだ若いが、なかなか目端の利く男だった。

「何が大変なんだ？」

朝吉は半身を起こして、煙管をつかみ取った。

「三蔵です。眼鏡の三蔵が戻ってきやがったんです」

「なに、そりゃほんとうか？」

朝吉は細い目を鋭く光らせた。

「へえ、間違いありません。この目でしっかりたしかめてきやしたから。西念寺の離れにいやがんです」

「なんだと……」

朝吉はつかんだ煙管を煙草盆に戻して、腕を組んだ。

「三蔵はひとりでいるのか？」

「連れがいます。ひとりは浪人のようで、もうひとりは若い女です」

「そうか、それじゃ片目の孫市《まごいち》といっしょに行って連れてこい。首に縄くくってでも連れてくるんだ。西念寺の境内にある離れならおれも知っているが、寺に迷惑をかけねえように穏やかにやるんだ。聞き分けがねえようだったら、寺の表に誘いだして連れてくるんだ」

「盾つくようだったらどうしやす？」

「そんときは孫市にまかせておけ。やつがうまくやってくれる」

片目の孫市は、朝吉の懐刀でもっとも信頼の置ける子分だった。

勘助が階段を下りていくと、朝吉は立ちあがった。

「三蔵って人は何かやらかしたんですか？」

お多津が見あげてくる。

「おれの賭場で遊んでいた浪人だ。二本差しのくせに、おれから四十両を借りたまままとんずらしやがった。おまえと知り合うちょっと前のことだ」

「四十両……それはまた大金ですね」

「放っておけることじゃねえ。よりによって、この佃の朝吉から金を盗んだようなものだからな」

朝吉は帯をぽんとひとつ叩くと、階段口まで行ってお多津を振り返った。

「今日は忙しくなりそうだ。おまえはうちに帰ってな」

朝吉はそういいつけて、階段を下りた。


「ここの住職はものわかりがよくてな。何かと便宜を図ってくれるんだ」

小左衛門は座敷にどっかり座って、おまきにいった。

「静かでいいとこだね」

「寺だからそうだが、朝早くに勤行の声が聞こえてくる。鐘の音もだ。まあ、それは我慢するしかない、なにせ安く貸してもらっているからな」

借りている離れは、二間に小さな台所がついていた。縁側の向こうには手入れをされた庭がある。

「村田さん、このお寺の知り合いなの？」

「ここの住職は七十過ぎの年寄りだが、生臭でな。ときどき岡場所で遊んでやがるんだ。それが過ぎてあるとき道に倒れていた。それをおれが助けたのが縁だ。人間生きてるといろんなことがある」

「そうだね。あたしも村田さんと知り合えたものね」

「そりゃあんまりいいことじゃないが……」

小左衛門はそういって茶を飲むと、まじまじとおまきを眺めた。

「どうしたの？」

おまきは目をぱちくりさせる。

「おまえのそのなりだ。その辺の飯炊き女よりひどい。着物を買ってきてやるから、その間に顔を洗って髷を整えておけ。おれが帰ってきたら湯屋に行こう。まずは旅の垢《あか》を落とさなきゃ」

「湯屋って、お風呂だね。あたし、ずっと入りたいと思ってたんだ。着物、いっしょに買いに行かなくていいの」

「適当に見繕ってくるさ。三蔵の野郎、また厠か……。やつが出てきたら、買い物に行ったといっといてくれ」

小左衛門は三蔵の振分荷物から、財布を拝借して寺を出た。

永代寺の時の鐘が聞こえてきたのは、それからすぐだった。鐘は夕七つ（午後四時）を知らせていた。

# 二

「日のあるうちにしょっ引こう」

三下の勘助の案内を受ける片目の孫市は、空をわたる時の鐘の音を聞きながらいった。勘助の他に千代吉ともうひとり、源平《げんぺい》という猛者《もさ》がついていた。

源平は太った牛のような体つきで、色が黒いので「黒牛」という渾名《あだな》があった。怒ると見境がつかなくなる荒くれだ。半殺しにした人間は、両手両足の指を足しても足りないほどだ。

「相手は三人ですが、ひとりは女ですから」

勘助は気楽なものいいをする。

やがて、西念寺の山門が見えた。

片目の孫市は、寺に裏門があるのを知っている。三蔵に逃げられないように源平をそっちにまわらせ、自分は表門から境内に入った。

小僧が箒《ほうき》で庭掃除をしていたが、ちらりと見てきただけで、すぐ掃除に戻った。離れは本堂の左奥にあった。小さな飛び石が、枝折戸《しおりど》までつづいている。

縁側の雨戸は開け放してあり、人の話し声が聞こえてきた。

孫市は枝折戸を開き、庭のほうにまわった。座敷に若い女相手に笑い転げている三蔵の姿があった。

片目の孫市に気づいた三蔵が、すうっと笑みを消し、にわかに身構えた。女も孫市を見て顔をこわばらせた。

「三蔵、久しぶりだな」

孫市は右目を覆っている木製の眼帯を、指先でなぞりながら声をかけた。

「感心に金を返しにやってきたか……。それなら大いに結構だ」

「悪いが金は待ってくれ」

三蔵は逃げ場を探すように、忙しく目を動かした。

「ほう、金も持たずに深川に帰ってくるとはいい度胸だ。まあ、積もる話がある。

ついてきてもらおうか」

「どこへ?」

「とぼけるんじゃねえ!」

勘助が怒鳴った。

とたん、三蔵のそばにいる若い女が竦《すく》みあがった。

「親分が話をしたいらしい」

「………」

三蔵は逡巡しながら顎をさすっていたが、わかったとあきらめ顔になって立ちあがった。女は無言のまま狼狽えている。

「その女はなんだ? おまえの連れあいにしては若いようだが……」

「おれの友達の知りあいだ」

「名は?」

孫市はじっと女を見た。百姓みたいな薄汚れた身なりだが、よく見ればなかなかの器量よしだ。

「おまきです」

女が答えた。

「おまき、おまえもいっしょに来るんだ」

「そりゃだめだ。おまきは関わり合いのない女だ」

「うるせー！　そんなことはおれが決めるんだ。おめえが決めるんじゃねえ！」

孫市は怒鳴りつけると、勘助と千代吉に顎をしゃくった。二人は心得顔でうなずき、身軽に座敷にあがっておまきの腕をつかんだ。

「手荒なことをするんじゃねえぜ」

三蔵が勘助と千代吉に忠告し、

「あーあ、腹具合はよくねえし、今日はとんだ厄日……」

と、わけのわからないことをいって、離れの家から表に出た。

眼鏡の三蔵は油断ならない男だが、おまきという女がいっしょのせいか、逃げる素振りも見せず、おとなしく佃の朝吉一家の家についてきた。

そこは朝吉一家の広座敷だった。孫市が三蔵とおまきをそこで待たせると、ほどなくして姿を見せた朝吉が、ゆっくり二人の前に座った。

「三蔵、おめえさんもずいぶんな面の皮だな」

佃の朝吉は、三蔵と向かいあうなり、そういって長々とにらみつけた。

凍りつくような静寂が訪れ、針でつつけばはじけそうな緊張感が充満した。座敷の隅に控える孫市は、朝吉が三蔵に対してどういう処遇をするのか静かに見守るしかない。

朝吉は銀髪の好々爺だが、押しも押されもせぬ深川一の博徒の親分。身に纏《まと》った迫力はただものではない。

「やい、眼鏡の三蔵。おれを舐めてるのか……」

「いや」

「だったら金を作って戻ってきたんだろうな。そうでなきゃおれの前に面見せられねえはずだ。おめえに貸した金は四十両、踏み倒してとんずらこいていた二年ほどの利子が六十両、都合百両だ」

「ひゃ、百両……」

三蔵は目をまるくして驚いた。

「あたりめえだ。それとも元金だけでも持ってきたっていうなら、おれも少しは考えてやる。どうなんだ」

「いや、それは……」

「なんだ？」

「金は……ない」

朝吉の目がピカッと、閃光《せんこう》のように光った。

「ないが金は作ってちゃんと返す。ほんとうだ。約束する」

「どうやって……」

「いろいろ考えていることがあるんだ」

「いい加減なことをいって、うまく逃げようという魂胆じゃねえだろうな」

「ま、聞いてくれ」

やり取りを見守っている孫市は、眼鏡の三蔵がどういい繕うのか、ほんとうに何かいい考えを持っているのか、疑いながらもつぎの言葉を待った。

三

「なに、連れて行かれた……」

西念寺の離れに戻った小左衛門は、三蔵とおまきがいないので、どこに行ったんだろうと心配して、寺の小僧に聞いてみると、そんなことをいう。

「まさか、佃の朝吉に連れて行かれたってんじゃないだろうな」

「あの親分じゃないですけど、子分にです。四人でやってきました」

「おまきもいっしょか？　いっしょにいた若い女だ」

「そうです」

「朝吉一家の家はどこにある？」

小僧はすらすらとその場所を教えてくれた。

小左衛門は佃の朝吉一家のことは知っていたが、あまり関わったことがないので詳しいところまでは知らなかった。

ただ、深川では右に出る博徒一家がないということと、朝吉が佃島の漁師あがりだということを知っているだけだった。

小左衛門は深川の目抜き通りである馬場通りを、小走りに駆けて摩利支天《まりしてん》横町に入った。どん突きは大島川だ。その河岸道を右に曲がった黒船橋《くろふねばし》の先が朝吉一家の根城だった。対岸には、黒船稲荷が鎮座している。

朝吉一家の戸は、開け放たれていた。土間に数人の若い衆がたむろして、何やら話し込んでいたが、戸口に立った小左衛門を見ると、一斉に見てきた。人を品定めし、警戒する目だった。

「つかぬことを訊ねるが、おれの友達の三蔵って野郎と、女がここに来ているらしいんだが、会わせてくれないか」

「なんだおめえは？」

色が黒くて牛のように体のいかつい男だった。かなりの迫力がある。

「村田小左衛門という。ここに来てることはわかっている。親分に取り次いでくれ」

黒牛のような男は背後を見た。それからそばにいた若い衆に、

「どうするか聞いてこい」

と指図した。

だが、小左衛門の前に立ちはだかり、そこからは一歩も通さないという体である。

「おれは名乗ったんだ。おまえの名を教えろ」

黒牛のような男は、くぐもった低い声で、源平だといった。

源平に指図された若い衆はすぐに戻ってきた。

「親分が会ってもいいそうだ」

若い衆はそういって、小左衛門を案内した。

そこは屋敷二階の奥まった部屋だった。部屋に入ったとたん、小左衛門は驚きに目をみはった。

おまきが猿ぐつわを噛まされ、素っ裸にされて転がされていれば、三蔵は後ろ手に縛られ正座させられていた。

「なんだこれは……」

小左衛門は上座に座っている男と、おまきを押さえ込んでいる男、そして三蔵の脇にいる二人の男を順番に眺めた。どいつもこいつも煮ても焼いても食えない面ばかりだ。

上座にいる男は銀髪だ。そして、右目に木製の眼帯をつけている太鼓腹の男は、無表情で腹の読めない顔をしていた。

「あんた、こいつらの友達らしいな」

銀髪の男がいった。

「あんたが佃の朝吉か？」

「そうだ」

朝吉の膝前には大鉈《おおなた》と鋸《のこぎり》が置かれ、さらに鞘から抜かれた大刀が、畳に突き立てられていた。

「なんのつもりだ？」

小左衛門は朝吉をにらんだ。

「三蔵がなんでこうなるか、友達なら察しがつくだろう」

「まあ……」

「この野郎は、おれから四十両借りてそのままとんずらだ。ところが、それから二年後の今日、のこのこと深川にあらわれやがった。おれはてっきり借金を払いに来たと思ったが、この野郎はわけのわからねえことをくだくだというだけで、ちっとも要領を得ねえ」

「三蔵、金はどうした？」

小左衛門は三蔵に聞いた。機転を利かせて、気の利いたことをいってくれることを期待したが、

「何いってやがる。おれの財布は、おめえが持っていったんじゃねえか」

と、がっかりするようなことを口にした。

「ほう、三蔵。おめえは財布を持っていたか。村田さん、それにはいくら入っていた？」

朝吉が顔を向けてくる。

「……百両ほどだ」

この場を切り抜けるための詭弁《きべん》だった。

朝吉の白い眉がぴくりと動いた。片目の孫市も顔を振り向けてきた。

「その財布をわたしてもらおうか。三蔵には四十両の貸しがあるが、それは元金だ。利子がついてちょうど百両になっている。払ってくれりゃ、おとなしく三蔵とこの娘は返してやる」

朝吉の目が曰《いわ》く窓から射し込む光をピカッとはじいた。

小左衛門はこの場をどうやったら切り抜けられるかと、めまぐるしく頭をはたら

かせた。二人を見捨てるのは容易いことだが、おまきは命の恩人である。

それに八十五郎を見つけるためには、三蔵の助が必要だ。

「財布はここにはない」

「なんだと」

朝吉のこめかみがヒクッと動いた。

「ここにはないが、金はちゃんとある。だが、その財布はおれが持ってるんじゃない」

「誰が持ってるってんだ？」

「盗まれた」

「おい、見え透いた嘘をついて、馬鹿にするんじゃねえ！」

片目の孫市が恫喝《どうかつ》した。

「嘘じゃないさ、ほんとうさ。何がなんでもその財布を取り返さなきゃならないんだ。そのことで必死なんだ。財布を取り返したら、三蔵の借金はきれいさっぱり清算する」

小左衛門は三蔵に余計なことをいうなと、目でいい聞かせながらそういった。

朝吉は片目の孫市と顔を見合わせた。

それから、少し考える顔つきになって、小左衛門に視線を戻した。

「おれは三蔵に貸した金をあきらめて、いまここでこいつの首を斬ろうか、腹をさばいてやろうかと楽しんでいたところだ。それで、ここにあるどの道具を使おうか考えていたところだ」

朝吉は残忍な笑みを浮かべて大鉈をつかむと、三蔵の膝許に放り投げた。大鉈はどんと畳に音を立てて落ちた。

さらに畳に突き立てていた刀を抜いて、自分の首の後ろにまわした。刃が射し込んでくる外光をきらきら跳ね返した。

「村田さん、あんたのことは会ったばかりだからよくわからねえが、財布が盗まれたっていうのがほんとうなら、それを取り返してもらおうじゃねえか。それで、金が戻ってくりゃ、おれにはなんの文句もねえ」

「取り返して払うと約束する」

「そりゃ嬉しい言葉だ」

「おまきと三蔵は連れて帰る。それでいいな」

「村田さん、そりゃ虫がよすぎるってもんだ」

やっぱりそうだろうな、と小左衛門は腹の中で愚痴る。

「見てのとおりこの娘は、なかなかいい体をしている。思わず味見をしたくなったほどだ。使い方次第で、いくらでも稼げる女だ。その財布が戻ってこなけりゃ、この娘はおれが預かる」

裸で転がっているおまきが、はっと顔をあげた。目が泣き濡れていた。小左衛門に助けてほしいという、すがりつく視線を送ってくる。

「期限は三日だ」

「なに」

小左衛門は眉根を寄せた。

「三日ありゃ十分だ。それで財布を取り戻すことができねえなら、この娘を借金の形《かた》に貰い受ける。文句はいわせねえぜ」

「三日というのは、明日からということだな。今日はもう日が暮れる」

朝吉は一度表を見てから答えた。

「ああ、いいだろう。明日から三日だ。わかったな」

# 四

美沙はちょっといい気分になっていた。

めずらしく八十五郎に愛想笑いを浮かべている。いや、それは愛想ではなく、愛嬌のある笑みかもしれない。

「どうした？　ニタニタと気色悪いじゃねえか」

八十五郎はぐいっと酒をあおる。

そこは両国広小路《りょうごくひろこうじ》に面した久松屋という居酒屋だった。飯台を置いた土間席と広い入れ込みがあり、女中たちが客席と板場を忙しく往き来している。店はガヤガヤした客の喧噪に包まれていた。

「あんた見かけによらず、ちっとはやさしいところがあるからだよ」

「へッ、何いいやがる」

「だけど、馬鹿でかい図体のわりには気の小さいところもある」

「なにッ……」

八十五郎はぐりっと目を剝いて美沙を見る。

美沙は飯台に片肘をつき、持っている銚子をぶらぶらさせて、ふふふと笑った。

「牛飼いの茂吉を怖がって逃げたじゃない。家も店も捨てるようにしてさ……」

「逃げたんじゃない。ありゃあ、面倒になったからだ。あの野郎にかまってると切りがねえ。それに茂吉の手下はボウフラみてえにどんどんあらわれやがる。おれだって、身ひとつじゃ持たねえし、わりに合わねえだろ」

「それに金はたんまりある。うちの親から騙し取った金だけどね」

「シッ、でけえ声でいうんじゃねえ」

八十五郎はまわりの客を見て、渋面を美沙に向けなおした。

「それに、あんたはあたいの親を殺した敵だ」

「それなのに、おれがやさしいってのはなんだ？　おまえは親の敵を取りたいと思ってんだろう」

「あんた、これ買ってくれたじゃないか。いい着物だよ。帯だって上物さ」

美沙は袖を広げてみせた。紺の縮緬《ちりめん》地に枝垂れ桜模様の小袖だった。古着だったが、美沙は気に入っていた。

「だからって、気を許したんじゃないからね。敵は取ってやるさ。いつか……」

美沙も酒を飲んだ。

あまりうまいと思わない。さっきからちびちび舐めているだけだ。

八十五郎はもう一升は飲んでいるかもしれない。顔は赤鬼のようになっているが、酔っているのかそうでないのかわからない。

それに、猛烈な大食漢だった。芋と野菜の煮込み二つ、冷や奴を三つ、刺身の盛り合わせ四人前、鰈と鯖《さば》の煮付けを二皿ずつ、それに大きなにぎり飯五個を平らげていた。

いまも目の前には、天麩羅《てんぷら》の盛り合わせと玉子焼きがあった。

「おれは村田小左衛門を斬ってやった。やつはおまえの亭主になるはずだった番頭を斬った悪党だ」

「だからなんだよ。それでおあいこにしてくれってんじゃないだろうね。親を殺した男が目の前にいるんだ。都合のいいことというんじゃないよ」

美沙は口ではそういうが、敵討ちのことは真剣に考えていなかった。大事なのは八十五郎が持っている二百両だ。

二百両はそっくりそのまま残っているはずだった。美沙の着物を買い、八十五郎の刀を買ったが、巾着には手をつけていないのは知っていた。

八十五郎に殺された船頭たちは、思いの外金を持っていたようだ。

「ところで、今夜はどうするのさ？　今夜っていうかこれから先のことだけど……」

「そんなこたァ、おまえの気にすることじゃねえ」

「気になるじゃないか。家はないんだよ。旅籠にでも泊まるのかい？　ああ、金は腐るほど持ってるから、旅籠だね」

「うるせー嚙みつき女だ。少しは黙ってろ。行くところはちゃんとある」

「どこだよ？」

八十五郎はじろっと見てきた。

「明日はおめえの髷を何とかしなきゃな。髪結いに結ってもらおう。それから化粧もするんだ」

「化粧……」

「ああ、そうだ。おまえはなかなかの器量よしだ。おれはもう勘弁だが、世間の男がほっとかない女だ。そう見えるようにおれが仕立てあげる」

「それで何すんのさ……」

美沙は長い睫毛を上下させて八十五郎を見る。

江戸の髪結いにも化粧にも興味があった。

「考えがある。悪いようにはしねえから安心しな。おまえにはちょいと恩があるからな」

「檻に入れられていたあんたを助けたことかい」

「ま……」

八十五郎は残りの酒を一気にあおった。玉子焼きと天麩羅をむしゃむしゃと平らげて、仕上げに茶漬けをすすりたいといって、女中に注文した。

「それで今夜はどこに泊まるんだい？　それだけでも教えておくれよ」

「知りあいがいる。そいつにちょいと相談したいことがある。これから先のこともその野郎次第で決まる」

「いったいどんな人だよ」

「いちいちうるせーな。茶漬けを食ったら行くぜ」

居酒屋を出たのは、それからすぐのことだった。

美沙と八十五郎は大橋（両国橋）をわたっていた。川沿いにある料理屋の明かりが、黒い川面にてらてら映り込んでいた。頬にぶつかってくる川風が気持ちよかった。

美沙は少し前を歩く岩のように大きな背中を眺める。巾着を奪い返して、この男を大川に突き落としたいと思うが、とてもできることではない。

巾着を奪い返すまでは、八十五郎から離れられない。美沙の取るべき道は、ただそれだけしかなかった。

「いったいどこへ行くのよ」

大橋をわたり終えてから、美沙は問いかけた。

「ねずみの亀蔵《かめぞう》って男に会うんだ」

「ねずみの亀……変なの……」

広小路を過ぎると、右に曲がり、また左に曲がった。美沙には土地鑑がないので、ついていくしかない。

「ここはどこよ？」

「本所《ほんじょ》だ。やつの家はすぐそこだ」

「ねずみと亀が住んでんの？」

「ねずみの亀蔵だ」

通りに居酒屋や料理屋の明かりがこぼれている。辰巳《たつみ》の方角に月が浮かんでいた。

「待て」

八十五郎が静かに足を止めて、片手で美沙を制した。

「どうしたの？」

「おかしい」

八十五郎はあたりに警戒の目を配った。美沙はそんな八十五郎と、あたりの様子を見比べるように見た。

「こっちだ」

八十五郎が手を引いて暗がりに導き、

「声を出すな」

と、低声で注意した。

# 五

そこは商家の軒下だった。大八車が置かれ、その脇には手桶の積まれた天水桶があった。

「どうしたのよ?」

美沙は声を低めて、八十五郎を見る。

「捕り物かもしれねえ」

そういう八十五郎は神経質なほど、周囲に注意の目を配っている。いた、と一方を凝視する。

美沙もそっちを見て気づいた。誰かが先の商家の軒下に隠れている。さらに、脇の路地にも黒い人の影があった。

「見ろ」

八十五郎が今度は商家の二階を示した。そこにも人がいた。さらに屋根の上にも数人の影があった。あわい月明かりに照らされた影は、手甲脚絆に鉢巻き、襷掛けという扮装だった。刀を腰に差し、突棒を手にしている。

二人の酔っぱらいが向こうから歩いてくる。ふらつく足と同じように、提げている提灯がぶらぶら揺れている。

二人はかなり酩酊《めいてい》しているようで、わけのわからないことをしゃべっては笑いあっている。二人とも職人の風情である。そのあとに、ひとりの侍があらわれ、脇の路地に姿を消した。

「火盗改《かとうあらため》かもしれねえ」

八十五郎がつぶやいたそのとき、暗がりや物陰に身を隠していた黒い影が、ぱらぱらと動きはじめた。

無言のまま通りを塞ぐように立つ者がいれば、脇の路地にささささっと駆け込んでいく者がいた。

「いたぞ、逃がすな！」

そんな声が先のほうで湧いた。黒い影の動きが慌ただしくなり、足音や激しくもの壊れる音が聞こえてきた。

「神妙にしろ！　火付盗賊改だ！」

そんな声と同時に、どどどっと十人ほどの人間が、脇の路地から通りにあらわれた。それを避けるように必死に走る男がいた。片手に刀を持ち、足袋《たび》裸足で駆けている。

「逃がすな！　そっちだ！」

男を追う声がして、捕り方が動いた。

「こっちに来るわ」

美沙は逃げてくる男と、八十五郎を交互に見た。だが、逃げてくる男の前に、四人の捕り方が立ち塞がった。

足袋裸足で逃げようとしていた男は、刀を振りまわして捕り方に斬りかかっていった。野郎とか、捕まってたまるかという喚き声がした。だが、その男はあっという間に捕り方に囲まれて、逃げ場を失った。

男は刺股や突棒で押さえ込まれると、地面にあっさり引き倒された。龕灯《がんどう》の明かりが男の顔を照らした。

「違った……」

八十五郎が安堵《あんど》したような声を漏らす。

男はすぐに縄を打たれ、引き立てられていった。そのとき、捕り方が二十人ほどいたことが判明した。みんな捕り物道具を手にし、手甲脚絆に襷掛けという物々しい恰好をしていた。

ちょっとした捕り物騒動だったが、火盗改たちの姿がすっかり見えなくなると、町は常と変わらぬ平穏さに戻った。

「さっき違ったといったけど、どういうことだよ？」

美沙は通りに出た八十五郎に聞いた。

「ひょっとすると、これから会いに行く亀蔵かもしれねえと思ったんだ」

「てことは、そのねずみの亀って男は悪党ってこと」

「しけた盗人だ。小さな盗みしかしない泥棒を、ねずみばたらきというらしい、だからねずみの亀蔵というわけさ」

「あんたの知りあい、ろくな者がいないんだね」

ねずみの亀蔵の住まいは、本所松坂《まつざか》町二丁目にあった。裏店だが、四畳半に六畳、それに台所という長屋にしては広い家だった。

「そっちの娘は……」

ねずみの亀蔵は、戸口にあらわれた八十五郎を見たあとで、美沙に怪訝そうな顔を向けた。

「美沙って嚙みつき娘だ。こいつの親はおれが斬った。だから、こいつからすればおれは親の敵だ」

八十五郎はそういって、ずかずかとあがり込んだ。美沙にも戸を閉めてあがれという。

「突然なんだ？　品川で店をやってるんじゃなかったのか？」

亀蔵はそういいながら、八十五郎と美沙を交互に見る。キョロキョロとねずみのように落ち着きのない男だった。

「あの店は捨てた。あっちには当分戻れない」

八十五郎はそういってから、ざっと経緯を話してやった。

「牛飼いの茂吉って、そんなにおっかないやつなのか……」

「手下をいっぱい持ってやがるんだ。集めりゃ百人ぐらいいそうだ。ひとりで相手できる手合いじゃない」

「沼尻の八十五郎も形無しってわけか」

けけけ、と亀蔵は笑った。美沙にも笑みを向けてくる。

（よく見りゃ、ねずみにも似てるわ）

美沙は胸の内でつぶやき、家の中を見まわした。

「ところで、すぐそこで捕り物があった。ついさっきのことだ。火盗改が動いていたが、ひょっとすると、おまえを捕まえに来たんじゃねえかと思ったよ」

「おれじゃねえさ。だが、知ってる男だった。たがねの新吉《しんきち》って野郎で、布引の藤《とう》衛門《えもん》という盗賊の手下だったやつさ」

「布引の藤衛門……聞いたことないな」

「盗人仲間じゃちょっとした顔だった。先月、小網《こあみ》町の茶問屋に押し入ったんだが、しくじって捕まりやがった。新吉はそのときうまく逃げたようだが、捕まった他の仲間がぺらぺらしゃべったんだろう」

「おまえは大丈夫なのか？」

「おれは人と組んで仕事はしないだろう、知ってるくせに……」

亀蔵はじろっと八十五郎を見て、酒にするか茶にするかと聞いた。

八十五郎は即座に酒だと応じ、

「二、三日世話になるぜ」

といった。亀蔵はわかったと応じる。

「いったいあの人どういう人よ?」

美沙は八十五郎の腕をつついて聞く。

「泥棒だといっただろう。ケチなこそ泥だ。だが、なかなかの知恵者でな。芝車町の店を勧めたのも亀蔵だった。結構繁盛していたんだがな」

八十五郎は、いまさらだが惜しいことをした、と悔しそうにつぶやき足した。

「で、これからどうするんだい?」

亀蔵が酒を持って戻ってきた。

「それをおまえに相談しようと思ってやってきたんだ。知恵を貸してくれ」

「何をやる気だい?」

亀蔵は三つ置いたぐい呑みに、順ぐりに酒をつぎ、

「あんたもやるんだろう」

と、美沙に訊ねた。

「ウワバミさ」

いってやると、八十五郎が白けた顔をした。亀蔵は少し驚き顔になった。

「また商売をやりてえ」

八十五郎は酒に口をつけてからいった。

「金はあるのかい？」

「店を出すぐらいの金はな……」

八十五郎はしれっとした顔でいう。美沙はそれでいいんだと思った。泥棒相手に大金を持っているなんていえたもんじゃない。

「場所はどのあたりを考えているんだね」

八十五郎と亀蔵は、そんなやり取りをはじめた。

美沙はその二人のやり取りを、そばで聞きながら他のことを考えていた。

（亀蔵は盗人……。だったら、八十五郎の巾着を盗めないだろうか。亀蔵をたぶらかして、巾着を盗んでもらおうか……）

美沙は八十五郎と話し込んでいる亀蔵に、熱い眼差しを向けた。

# 六

　雲に隠れていた月がゆっくりあらわれ、縁側の先にある小庭にあわい光を投げかけた。小左衛門は酒をほした盃をコトリと、縁側の床板に置いて、眼鏡の三蔵を強くにらんだ。

「もういっぺん、いってみやがれ」

「おまきのことを放っておきゃいいってことだ。そうすりゃ、おれたちが苦労することァねえだろう。佃の朝吉だって、おれの借金よりあの小娘のほうがいいと思ってるに違いねえ。おまきはまだ若い。いくらでも稼がせることができるからな」

「この野郎ッ」

　小左衛門は三蔵に飛びかかって押し倒すと、そのままぐいぐい首を絞めた。

「いくらおまえでも、いっていいことと悪いことがある。おまきはおまえのために、人質になっているんだ。おまえの借金の形になっているんだ。それなのに、放っておきゃいいだと。おれも悪党だが、おれはそこまで人でなしじゃないぜ」

「ううっ、は、放せ……」

三蔵は小左衛門の両腕を引き剝がそうとするが、押さえ込まれているのでどうにもできない。月光に照らされている顔が充血している。

「おまきが人質になっていなけりゃ、おれはおまえのことは放っておいてもよかったんだ。朝吉に借金を作っているのはおまえなんだからな。その尻ぬぐいをおれがしてやろうと考えているというのに……」

「う……うッ、うわァー！」

三蔵は足を使って、小左衛門の腹を蹴りながら体を横に倒すようにして逃れ、そのまま座敷で四つん這いになって、激しく肩を動かした。

「ちょっとは手加減しやがれ。本気で絞めにきやがって……」

三蔵はゼエゼエと息をして、外れかかった眼鏡を直した。

「おまえが余計なことをいうからだ」

小左衛門は手酌で酒を飲んだ。

「なんだ、おめえはあの小娘に惚れてんのか……」

三蔵は元の場所に戻ってあぐらを掻いた。

小左衛門はまた三蔵をにらみつける。

「おめえがあの娘を船に乗せたから、船頭に金を払わなきゃならなかった。あの娘が船に乗ってなきゃ、おめえは船頭と水手を殺して、懐中のものを盗んでたんじゃねえのか」

小左衛門は黙って酒を飲む。また三蔵に対しての怒りがふつふつと煮えてきた。

「それができなかったから、おれを頼ってきたんだろう。そのおかげでおまえはこうしていられるんじゃねえか」

「もういうな。それ以上いったら本気でおまえを殺す。おまきはおれの命の恩人だ。話しただろう。それとも聞き飛ばしたか。おまきはおれの命を救った女だ。放っておくことはできぬ。それから……」

「それから、なんだ?」

三蔵が盃を持ったまま見てくる。

小左衛門はいきなりその頰桁を張り飛ばした。三蔵の顔が奇妙にゆがみ、眼鏡が吹っ飛び、手に持っていた盃が酒をこぼしながら宙を舞った。

「何しやがる!」

三蔵は横に倒れたまま頬を押さえて見てくる。

「おまきはおまえのために人質になってるってことだ。そのこと忘れるんじゃない」

「わかってるよ。さっきわかったといっただろう。……ったく、殴るこたァねえだろう。さっきは絞め殺されそうになったし。……まったく。あーあ、酒がもったいねえ」

三蔵はぶつぶついいながら、床にこぼれた酒を手拭いで拭いた。

「おれは百両作る。それは三蔵、おまえの借金でもあるが、おれはそうは考えない。百両はあくまでもおまきを取り返すためだ」

「わかってるよ」

「それに明日から三日しかない」

「そうだ。問題は八十五郎がどこにいるかだ?」

「そのことを考えているんだ」

小左衛門は手酌をして、雲に呑み込まれそうになっている月を見あげた。

万年屋長次郎から二百両を奪い取ったはいいが、その金はそっくり八十五郎が持ち逃げしている。あいつを頼った自分のしくじりだが、いまさら後悔してもはじまらない。

二百両がそのまま残っていないとしても、百七、八十両は残っていてほしい。そのうちの百両は佃の朝吉にやらなければならないから、残りは七、八十両ということになる。

「しかし、どうやってその八十五郎って男を探すんだ」

三蔵が袖で眼鏡を拭きながら顔を向けてくる。眼鏡をしていても間抜け面だが、眼鏡を外すとさらに間抜け面に見える。

「間抜けな猿め」

小左衛門はつぶやくようにいって、酒を飲んだ。三蔵にはよく聞こえなかったらしく、「なんだって?」と聞き返してきた。

「いまそのことを考えているんだ。やつとはあまり話をしていないが、何か探す手掛かりになるようなことを聞いたんじゃないかと思ってな……」

「八十五郎って野郎は六尺の大男だというが、力士でもやっていたのか?」

三蔵は煙管を吹かして聞いてくる。

「そんな話はしなかった。まあ、相撲取りにでもなれそうな体だが、やつは剣の腕が立つ」

「おまえほどの男が斬られるんだからな。そりゃあたしかだろう」

「あれは足場が悪かったんだ」

小左衛門はいいわけをしたが、斬られたのは砂場だったからだとあとで反省していた。

「それじゃ見つけたら斬るか？」

「そのとき次第だ。おれは金を取り返せばいいだけのことだ」

「美沙って女と動いているようだが、まだそうしているのかな？」

「さあ、それはわからぬ。しかし、八十五郎は美沙の親を斬っている。いっしょに動いているとすれば、美沙には何らかの魂胆があるんだろう。親が親だけに、あの女は油断ならない」

「そして、八十五郎と美沙は、おまえは死んでいると思っている」

「すっかりそう思い込んでいるはずだ」

小左衛門は苦々しい顔をして、煙草盆を引き寄せ、煙管をつかんだ。

「八十五郎は沼尻という店をやっていたが、その前は何をしていたんだ？　まさか田舎から出てきて、すんなりとあの店で商売をはじめたってことはないだろう。そのことは聞いてないのか……」

「聞いてない。だが、そうだな。おい、三蔵。いいことをいった」

小左衛門はくわえかけた煙管を下ろして、つづけた。

「おまえは明日、八十五郎のやっていた店に行って、そこの大家から八十五郎が以前どこにいて、何をしていたかを聞いてくるんだ。大家だったら、あらかた知っているはずだ」

「なるほど」

三蔵は感心顔をして、煙管を吹かした。

七

小左衛門は大橋の西詰め、橋番小屋のそばにある小さな腰かけに座って、広小路を歩く人間や大橋をわたってくる者、そしてこれからわたる人間に目を凝らしていた。

朝から薄い雲が空を覆っている。そのせいか広小路の芝居小屋の幟《のぼり》や小旗も、なんとなくうら淋しさを漂わせている。矢場で鳴らされる太鼓も湿り気を感じさせた。

「あの野郎……」

小左衛門は足許に、チッとつばを吐いた。八十五郎は人並み抜きんでた大男だから、どんな人混みでもすぐに見つけられる。

小左衛門は江戸でも人の多い両国広小路にいれば、ひょっとすると八十五郎を見つけられるかもしれないと思っていた。もう一刻半ほど、そこに居座っている。ときどき頭ひとつ抜きんでた男を見ることはあったが、いずれも八十五郎に似ても似つかない職人だったり侍だった。

燕が行き交う人の頭の上を切るように飛び、すうっと高度を上げたかと思うと、急に降下して大橋の欄干の下に消えていった。

「いかがですか？　見つかりませんか」

声をかけてきたのは橋番人だった。通行人の監視をし、掃除や補修などをして橋銭を徴収している男だ。

「さっぱりだ。これはありがたい」

小左衛門は橋番人が淹れてくれた茶を受け取った。

「ここじゃなく、浅草や上野ってことも考えられるでしょうが、そのあたりのことはどうなのです？」

「それも考えているんだがな。探す手掛かりがなくて困っているのだ」

「六尺ある大きなお侍ですよね。そして、若い女の方を連れておられる」

橋番人は小左衛門から聞いたことを、復唱して腕を組む。髪の薄い男で、棒縞木《ぼうじまも》綿《めん》を尻端折りしていた。

「始終女を連れているかどうかはわからぬ」

「それじゃひとりで歩いておられるかもしれないと……」

「うむ」

「剣の腕は達者だとおっしゃいましたね。道場を訪ねるのはどうでしょう？」

小左衛門はその言葉にハッとなった。いい考えである。

「そうだな。もう少し、ここで見張ってだめなようだったら、道場まわりをしてみよう」

そういいながらも、もうその気になっていた。八十五郎は大男ながら敏捷《びんしょう》で、剣の腕は並みではない。つまりどこかで修行しているはずだ。

ひょっとすると、ほうぼうで道場破りをして金を稼いでいたかもしれない。人の金をかすめ取る男だから、考えられなくもない。

「わたしも目を光らせておきますから、また顔を出してください。そのときわたしが見つけていれば結構なんですがねえ」

橋番人はそういうと、自分の仕事に戻っていった。

小左衛門は目の前を行き交う人々を見ながら、いろんなことに考えをめぐらせる。気になっているのが、眼鏡の三蔵だ。いいつけどおりに八十五郎がやっていた店の大家に会いに行ったが、そのまま帰ってこないかもしれない。そうしても三蔵は痛くも痒《かゆ》くもないのだ。

（おれのことやおまきのことを放って逃げたか……）

もし、そうだったら見つけたときにはただではおかない、と腹の中で毒づく。そのとたん、他の考えが浮かんだ。

（三蔵の野郎、八十五郎の来し方を知ったら、そっちに行ってうまく話をするかもしれない。八十五郎は大枚二百両を持っているのだ。三蔵はそっちに取り入ったほうが得である。いや、これはしたり。おれが行けばよかった）

小左衛門はまた舌打ちをしたが、いくら三蔵でも八十五郎に取りつくのは難しいだろうと思う。それに八十五郎も三蔵の魂胆などすぐに見破るだろう。

（やっぱりやつは、おれと動いているほうが得だってことだな。おそらくそのはずだ）

小左衛門は楽観的に結論づけて、道場まわりをしてみようと思い、腰掛けを離れるとさっきの橋番に茶の礼をいって両国広小路を抜けた。

知っている道場が何軒かあった。ひとつは神田佐久間町《かんださくま》の大橋道場である。まずはそこを訪ねて、沼尻の八十五郎がその道場にあらわれなかったかを聞いた。

「沼尻の八十五郎……いやあ聞いたことないな」

そういって首を振るのは師範代をしている佐島《さじま》という男だった。

「噂はどうだろう。大男の道場破りというのは……」

小左衛門は食い下がるが、佐島はわからないと首を捻った。

つぎに下谷《したや》練塀小路《ねりべいこうじ》にある耕誠館《こうせいかん》道場に行った。そこでも結果は同じだった。

それから五軒の道場をまわったが、八十五郎を知っている者や、それらしき人物に心あたりがあるという話も聞けなかった。

気づいたときには、三蔵と落ちあう約束の夕七つ（午後四時）近かった。曇り空のせいで、すでに夕暮れの暗さだった。

日本橋北詰に近い場所にある茶屋に行くと、床几に座っていた三蔵が手をあげて、ここだといった。

小左衛門は隣に腰をおろして、どうだったと三蔵を見た。

「わかった。八十五郎はあの店を出す前は深川に住んでいた」

「なに、深川だと」

小左衛門は目をみはった。

「そうさ。もっともやつが嘘をついていなきゃだが、大家が持っていた人別帳には、万年町《まんねんちょう》一丁目にある甚右衛門店《じんえもんだな》に住んでいたとあった」

「また、そこに戻ったということか……」

「それはわからねえ。だが、やつはおまえが話したとおり、中山道深谷宿の出だ。おれが見せてもらった人別帳によれば、八十五郎は沼尻から江戸に出てきて深川に住んでいる」

「それじゃ、万年町の甚右衛門店に行けば、何かわかるかもしれぬな。よし、いまから行こう。おれたちにゆっくりしている暇はない」

小左衛門はそういうなり、床几からすっくと立ちあがった。

# 第五幕　越中島

## 一

　甚右衛門店で八十五郎のことを聞くと、誰もがよく知っていた。

　体が大きい分頼り甲斐があって、長屋の力仕事なども進んでやっていたらしく、評判は上々だった。ところが、普段どんな仕事をして、どうやって稼いでいるのか誰も知らなかった。

「深谷のほうから出てきたっていう話は聞きましたがね、あんまり立ち入ったことは知らないんです。ていうより、八十五郎さんが余計なことは聞かなくていいとにらむんです。あの体にいかつい顔ですから、にらまれると何もいえなくなっちまうんです」

そういうのは、甚右衛門店に住む左官職人だった。

「それでこの長屋から芝車町のほうに越していったのはいつだ?」

「芝車町……。そりゃどういうことで?」

「八十五郎は芝車町で沼尻という小料理屋をやっていたんだ」

「ほんとですか」

左官は目をまるくする。

小左衛門は三蔵と顔を見合わせた。

「そりゃいつのことです?」

「いつって、つい先日までやっていたはずだ。もっともしばらく休んでいたらしいが……」

左官はへーそうだったのかといって、思案顔で腕を組んだ。

「なにか知ってるんだな?」

左官は組んだ腕をほどいて、小左衛門に顔を向けなおした。

「この長屋の連中は知らないことですがね、八十五郎さんがちょくちょく行っていた店があるんです。一色《いっしき》町にある鯨屋《くじらや》という小料理屋です」

「ふむ、それで……」

「鯨屋の主の手伝いをしながら料理を習ってたんです。このことは内緒だと釘を刺されたんですけど、ほんとに店を出したんですね」

小左衛門は三蔵を見た。鯨屋に行けば何かわかるかもしれない。左官に礼をいうと、そのまま鯨屋に向かった。

店は油堀《あぶらぼり》に架かる富岡《とみおか》橋の近くらしいから、すぐにわかるはずだ。

すでに夜の闇は濃くなっている。おまけに空を黒い雲が覆っているので、すっかり闇夜だった。おかげで料理屋や居酒屋の軒行灯が、鮮やかに浮かびあがり、明かりを路上に投げかけている。

三蔵と小左衛門の持つ提灯が、油堀の水面に揺れながら映り込んでいた。

「おまえはよく戻ってきた」

小左衛門は肩を並べて歩く三蔵を見ていった。

「どういうことだ?」

「ひょっとすると、八十五郎に寝返ったかもしれないと思ったんだ。八十五郎の居場所がわかれば、おれといっしょに苦労するより、金を持っている八十五郎のもとに走り、うまく取り入るんじゃないかとな」

「おれも信用がないってことか」

「おまえは抜け目のない男だ」

「そりゃお互い様だろ。しかし小左衛門よ、抜け目のない代わりに、おれもそれだけ疑り深いってことだ。何も知らないやつと手なんか組めねえだろう。相手だってそうだ」

「ま、そうであろう」

ふんと、三蔵は鼻を鳴らしてから、あの店じゃないかといって立ち止まった。軒行灯に照らされた暖簾《のれん》に「鯨屋」という文字が染め抜かれていた。

小左衛門と三蔵は店に入ったが、客は誰もいなかった。煙草を喫《の》んでいた主が、無愛想に「いらっしゃい」といって、かけていた入れ込みの縁から立ちあがった。

店は約八畳の入れ込みだけで、半分が畳敷きで、あとの半分は板の間だった。

「何にします?」

板場に入った主が聞いてくる。

小左衛門がとりあえず酒をつけてくれといったとき、奥の勝手口から中年増の女が入ってきた。短く主とやり取りをしたので、すぐに手伝いの仲居だとわかった。

「初めてですね」

仲居が酒を運んできていった。

「いい店だと聞いたんでな。ところで、この店で八十五郎という浪人が修業していたことがあっただろう」

小左衛門は仲居と、板場の主を交互に見ていった。

「お知り合いですか？」

そう聞く仲居の目に警戒の色が浮かんだ。

「ちょっとした顔見知りなんだが、どうしても会わなければならぬのだ。それで探しているのだが、さっぱり行方がわからぬ」

「あの人にどんな用があるんです？」

板場から主が聞いてきた。仲居と同じように警戒する目つきだ。

「貸しているものがあってな。それを返してもらいたいのだ」

「お客さんは、朝吉一家の人じゃないでしょうね」

「違うが、なぜ朝吉一家だと……」

主と仲居はまた顔を見合わせた。

「佃の朝吉一家が深川にあるのは知っているが、まさか一家と八十五郎に関わりがあるというんじゃないだろうな」

「いまはないかもしれませんが、昔はありました」

主はねじり鉢巻きを一度外して、締めなおした。

「まさか、八十五郎は朝吉の子分だったと……」

だとすれば、すぐに八十五郎の居場所はわかるはずだ。

小左衛門は銚子を持ったまま尻を浮かしかけた。

「子分じゃありませんが、用心棒をやってたんです」

「用心棒……」

それなら納得いく。だが、もっと主の話を聞きたかった。

「知らないんですか？」

「いま初めて聞いた。おれはやつに預けたものを、返してもらいたいから探しているだけなんだ」

「朝吉一家の人じゃないんだったら、まあいいか……」

　主は独り言のようなことをいってから、言葉をついだ。

「八十五郎さんは、はじめは客だったんですが、いずれ自分も料理屋をやりたいから手ほどきをしてくれないかと頼まれましてね、それで店の手伝いをしてもらったことがあるんです。体に似合わず筋がいいんです。少しは心得があったんでしょうが、料理のコツっていうのをすぐ呑み込んじまうんです」

「ほう、それで」

「十月ばかりここで手伝ってもらいましたが、その頃には大方のことはできるようになりました。しかし、店を出すには金がかかります。それで元手を作るといって、しばらく姿を見せなかったんですが、ある日ふらっと朝吉一家の人たちとやってきましてね。それで用心棒をやっていることがわかったんです」

　そこまで聞けば十分だった。

　何のことはない、朝吉一家に行けば八十五郎の居場所に見当がつきそうだ。

　小左衛門と三蔵はろくに酒も飲まずに鯨屋を出た。

二

「何だ、こんな時分に」

迷惑そうな顔を向けてきたのは、源平という黒牛のような子分だった。

「朝吉親分に話がある」

「親分はいねえ。用があるなら明日来な。それとも金ができたか？」

源平は小さくて鋭く光る目を、小左衛門と三蔵に向けた。

「金はまだだ。ここで用心棒をやっていた八十五郎という男がいるだろう」

「八十五郎さんがどうかしたかい」

突然、土間奥から声が飛んできて、片目の孫市が式台のそばにやってきた。

「ちょいとその八十五郎に用事があるんだ。ひょんなことからやつがこの一家の用心棒をやっていたというのがわかってな」

「ま、あがりなよ。茶ぐらい出すよ」

孫市はものわかりのよいことをいって、小左衛門と三蔵を座敷にあげた。

若い衆がすぐに茶を持ってきて、三人の前に置いて下がった。

「いっとくが、おまきは金と引き替えだ。今夜は会わせられないぜ」

孫市はまずおまきのことについて釘を刺した。

「手荒なことはしてないだろうな」

「親分は約束を守る人だし、おまきは大事な借金の形だ。手はつけてねえさ。心配するな」

「それで八十五郎のことだが……」

小左衛門は茶に口をつけながら孫市を見た。

「あれは親分が見つけてきたんだ。図体のでかい浪人だから、驚いちまったが、剣の腕もなかなかのものだ」

「腕を試したのか？」

「試さなきゃ、雇えないだろう。見かけ倒しでなく本物だった。親分もそれで一目惚れだ。それに、あの体だ。そばにいるだけでことは十分足りた。賭場でもあの人が隅に控えているだけで揉め事は起こらなくなった」

「まさか、戻ってきてるんじゃ……」

「いいや。ある日突然、やめるといってな。やりたいことがあったらしいんだ。おれたちには話さなかったが、風の便りで料理屋をやっていると聞いた。芝車町のほうらしい。用があるなら、そっちに行けばいい。店の名も詳しい場所も知らないが……」

孫市は煙管に火をつけてくゆらせた。

「その店はもう捨てたんだ」

「捨てた？」

孫市は眼帯をしていない目をすがめた。

「わけあってやめたようだ。それでこっちに戻っている。深川か本所か、上野か浅草か……どこにいるかわからぬ。何としてでもやつには会いたい」

孫市は片目で凝視してきた。煙管を灰吹きにゆっくり打ちつけ、灰を落とした。

「まさか、あんたの財布を盗んだのが、八十五郎さんだというんじゃないだろうな」

「そうじゃない。やつには別の用があるだけだ」

小左衛門は誤魔化すが、孫市は腹を探るような目を向けてくる。

「八十五郎さんに用があるとしても、いまは財布を盗んだやつを探すのが先じゃねえのかい」

「もちろん、そうだ。ただ、八十五郎のことを小耳に挟んだので聞いておきたかったのだ。やつが行きそうな場所を知らないか？」

孫市は木製の眼帯を指で撫でながら短く考えた。

「勘助という若い衆がいる。あいつならわかるだろう。だが、今夜はいない」

「どこに行けば会える？」

「今夜は親分といっしょだ。どこにいるかおれは聞いてない。明日にでも訪ねてくりゃいいだろう」

小左衛門はそうしようと応じた。あまりしつこく八十五郎にこだわると、やぶ蛇になりかねない。そのまま三蔵と朝吉一家をあとにした。

「明日の朝まで辛抱だな」

夜道を歩きながら三蔵がいう。

「勘助という若い衆次第だ。とにかく話を聞かなければならぬ」

「他にやることはないのか？」

三蔵が提灯ごと顔を向けてきた。

「おまえにしては熱心なことをいう。だが、今日はやることをやったはずだ。明日、勘助からこっちの思いどおりの話が聞ければいいが、そうでなければ他のことを考えなければならぬ」

「なにを考える？」

聞かれた小左衛門は遠くの闇を凝視した。

「それを考えてるんだ」

小左衛門は足を早めた。

三

長屋を出ていった八十五郎を木戸口で見送った美沙は、急いで亀蔵の家に戻った。

「ねえ、ねずみの亀さん」

美沙は戸口の柱にもたれるようにして声をかけた。

「そのねずみってのはやめてくれ。亀だけでいい」

亀蔵は膝頭をぽりぽり掻きながら苦言を呈して、言葉を足した。

「何だ。なにか用か？」

「相談があるんだよ」

「どんな……」

亀蔵はねずみ顔を片手でこすった。

「あの化け物、本気で料理屋をやるつもりかい。まあ、その気になってるようだけど、うまくいくのかねえ」

「あいつの料理は食っただろ」

「何度もね」

たしかに八十五郎の作った料理には、文句がつけられなかった。煮物もうまいし、魚のさばき方も堂に入っていて、刺身の盛り方も玄人《くろうと》はだしだった。

「体に似合わず手先が器用なんだ。評判になること請け合いだ」

「そんで、あんたは得することあんの？」

「それは……」

亀蔵はキョロキョロと視線を彷徨わせる。

「あんたはあの化け物に、いいように使われてるだけじゃないのかい？　ずっとそうしてきたのかどうか知らないけど、損な生き方だね」

「ヘッ、そんなこと女にいわれたかァねえや」

亀蔵は尻を軸にして、くるっと背を向けた。

小庭に明るい日射しが降りそそいでいる。昨日は曇天だったが、今朝はからっと晴れわたっていた。小さくさえずりながら飛び交う燕たちが楽しそうだ。

「でもさ、いっちまうけどあの化け物、しこたま金を持ってんだよ。あんたには話してないけどほんとうさ。その金はあたいの父親から騙し取った金なんだ」

「ほんとか……」

亀蔵が体ごと顔を向けてきた。

「いくら持っていると思う？　あの男、いつも大事そうに巾着を持ってるだろう」

「ああ……」

亀蔵の目が好奇心に満ちてゆく。

「あれには二百両たっぷり入ってるんだ」

「……二百両」

亀蔵はゴクッとつばを呑む音をさせた。

「ほんとうはあたいの金なんだよ。あたいの親の……。あんた、ねずみばたらきをしてる盗人だろ。あの人の巾着を盗んでくれないか。うまくいったら折半にしよう」

「…………」

亀蔵はあきらかに迷っていた。

「百両ずつ山分けさ。それであの怪物とは縁を切る。百両ありゃ、あんた何でもできるだろう。ケチな盗みもしなくてよくなる。田舎に引っ込んで静かに暮らすなら、死ぬまで不自由しないはずさ」

「しくじったら殺される」

「そりゃ何でも同じだろ。あんたは命張って盗みをやってんじゃないのかい。だったら同じことだろう。だけど、しくじったりするもんか。あたいはいろいろ考えたんだ」

「なにを？」

美沙は煙草盆に置かれていた煙管をつかみ取って、指先でくるくるまわした。

「あの化け物は、巾着をぶっとい腕で抱いて寝るし、厠に行くときも外出するときも肌身離さず持っていく。ぶんどるのは難しいけど、二人で手を組めば何とかなる」

「だけど、あとで見つかったらただじゃすまないぜ。やはり殺されるだろう」

「なに、怖がってんだよ。あいつはただ体がでかいだけじゃないか。見つからないように、あいつの隙を見て、こっそり盗んで、はいさよならするだけだよ。なにさ、その目は……」

亀蔵がまじまじと見てくるので、美沙は口を尖《とが》らせた。

「あんた、きれいだな。会ったときにずいぶん器量よしだなと思ったけど、こうやってそばでじっくり見ると、ほんとにきれいだ」

「なに、おだててんだよ。照れるじゃないか」

言葉どおり美沙は自分の顔が赤くなるのを自覚した。

昨日は湯屋に行き、髪結いに髷を結いなおしてもらった。それに八十五郎は紅や白粉といっしょに、化粧道具まで買ってくれた。

そのことで女心をくすぐられ、八十五郎もなかなかいいところがあると感心し、はからずも好感さえ抱いた。だが、すぐにその思いを否定して、自分を取り戻していた。

「化粧したからじゃないの」

美沙は亀蔵の視線を外して、煙管に刻みを詰めた。

「あの巾着を盗むのは容易じゃないぜ」

美沙は煙管に火をつけて、すぱっと吸いつけた。

「そんなこと端っから承知の助さ。だけど、意外と簡単なことかもよ」

「いい知恵でもあるっていうのかい」

「あるよ。あの男酒が好きだからね」

「まさか、酔いつぶそうと考えてるんじゃねえだろうな。そりゃ無理だ。八十五郎は酔いつぶれるような男じゃないよ」

「酒といっしょに飲ませるのさ」

「何を……」

美沙は亀蔵のねずみ顔に、唇をすぼめて紫煙を吹きつけてやった。

「あんた金持ってんだろう。眠り薬と石見《いわみ》銀山を買ってきておくれ。何だったらあたいもいっしょに行くけど」

「石見銀山……」

「猫いらずだよ。あの男を酔わして酒の肴に混ぜるんだ。あの化け物、酔いつぶれなくても、酔うじゃないか」

「本気でいってるのかい？」

「こんなこと冗談じゃいえないよ。あの男が帰ってくる前に、仕度だけでもしておこうよ。さあ、やろうよ。あんたの助けがいるんだ」

四

小左衛門は八十五郎探しもあるが、そのために会わなければならない朝吉一家の勘助を探すのに手間取っていた。一家に行っても、まだ顔を見せていないので、おそらく家のほうだろうと三下に教えられて、勘助の長屋に行ったが留守だった。

同じ長屋の者に勘助のことを訊ねると、昨夜は家に戻ってこなかったという。それじゃどこにいるんだと、小左衛門は晴れた空を見て、もう一度朝吉一家に引き返した。

「勘助だったらそこの店にいるぜ」

朝吉一家のそばまで来たとき、声をかけられた。見ると片目の孫市が、煙管をくわえて茶問屋の前に立っていた。

「そこというのは……」

「茶漬けをかっ食らってるよ。こっちの遊びでもしたんだろう。そんな顔してやがる」

孫市は小指を立てて、口の端に笑みを浮かべた。小左衛門が勘助のいるという飯屋に足を向けようとすると、孫市に肩をつかまれた。

「おかしいな。財布を探さねえで、なんで八十五郎さんのことをしつこく調べたがる」

孫市は猜疑《さいぎ》心の勝った目を向けてくる。

「それは昨日話したはずだ。盗まれた財布のほうは三蔵が目を皿にして探している。とにかくおれは忙しいんだ」

小左衛門は肩にかけている孫市の手を払うように離して、飯屋に入った。すぐに勘助と目があった。剣呑な目を向けてくる。

　小左衛門は黙って勘助の前に座った。

「そうとんがった顔をするな。ちょいと聞きたいことがあるんだ。一家の用心棒をやっていた沼尻の八十五郎を知っているな」

「ああ」

　勘助は茶を飲んで爪楊枝をくわえた。

「昔は深川に住んでいたらしいが、八十五郎が行きそうな場所を知らないか？　おまえはやつと親しくしていたようだから、いろいろ話をしているだろう」

「なんで、そんなことを？」

「八十五郎に大事な用があるんだ。どうしても会わなきゃならない。やつにも友達のひとりや二人はいたはずだ。それに女もいたかもしれぬ」

　勘助は櫺子《れんじ》格子の向こうを見た。

　庇《ひさし》に巣を作った燕がチチッチと鳴いていた。

「鯨屋って料理屋を贔屓《ひいき》にしてたよ。その店の親爺にいろいろ教えてもらったといっていた。いずれ自分の店を持ちたいようなことを話してたよ。現に店を持ったらしいが」

「鯨屋は知ってる。他の店はどうだ？」

「二、三回連れて行ってもらった店がある。高橋《たかばし》のそばにある鰻屋《うなぎや》だ」

「小名木《おなぎ》川の高橋だな。他にはないか？」

勘助は首を横に振った。

「友達のことは聞いてないか？」

「そんな話はしなかった。あんまりしゃべる人じゃないからな」

八十五郎について、それ以上のことは聞けなかった。

だが、高橋の鰻屋が気にかかる。小左衛門はそっちに足を向けた。三蔵は本所深川にある町道場めぐりをしていた。

八十五郎の剣術は自己流ではない。それも田舎剣法でもない。おそらく江戸の道場で鍛錬したはずだ。

小左衛門はそうにらんでいるし、その考えは外れていないという自信があった。道場から八十五郎の居場所が特定できればいいが、結果はどうなるかわからない。

三蔵とは正午に永代橋東詰の茶屋で落ちあうことにしていた。

勘助に教えてもらった鰻屋は、高橋の北詰に近い深川常盤《ときわ》町一丁目にあった。鈴木屋という店で、ちょっとした有名店だった。

応対してくれたのは中年増の女将だった。亭主は板場が忙しいからといって、気さくに応じてくれたのだ。それに、八十五郎のことはよく覚えているし、じつは昨日も来たといった。

「なに、昨日も」

「ええ、やっぱりうちの鰻が一番だと褒めてもらいました」

女将は福々しくて血色のいい顔をほころばせる。

「ひとりで来たんだろうか？」

「ひとりでした」

「どこに住んでいるとか、そんな話はしなかったか？」

「品川のほうでやっていた仕事を片づけたので、今度はこっちのほうで仕事をするとおっしゃってましたよ。いまは知りあいの家に世話になっているとかで……」

「その知りあいの家はどこにあるんだろう？」

「さあ、それは」

女将は首をかしげて、大きくまばたきをした。

「それじゃどっちからやってきて、どっちに帰っていったかわからないか?」

「見えたのはどっちかわかりませんけど、お帰りの際は北のほうへ行かれましたよ。でも、よほど急ぎのご用がおありなんですね」

「大急ぎの用だ」

それから八十五郎が連れてきた者たちのことを聞いたが、

「何人かごいっしょされたこともありましたけど、その方たちのことは……」

わからないと、女将は首を振った。

鈴木屋をあとにした小左衛門は、晴れわたった遠くの空を見つめた。八十五郎はこの近くにいるような気がする。そんな気がしてならない。しかし、美沙はどうしたのだ? もういっしょではないのか……。

しかし、八十五郎は知りあいの家に居候している。

すでに九つ(正午)近い刻限だった。三蔵の調べも気にかかる。小左衛門は待ち合わせの永代橋に急いだ。

待ち合わせの茶屋に、三蔵の姿はなかった。小左衛門は床几に座って、考えをめぐらした。八十五郎はやはり鈴木屋という鰻屋から、さほど離れていない場所にいるような気がする。それは八十五郎の知りあいの家だ。

八十五郎はあの図体だから目立つ。聞き込みをすれば、案外あっさりと居所を突き止めることができるかもしれない。

鈴木屋の女将は、八十五郎は店を出たあと北へ向かったといった。つまり竪川《たてかわ》方面に歩き去ったというわけだ。

(あのあたりか……)

小左衛門は茶で湿らせた唇を指先でなぞって、永代橋をわたってくる行商人をぼんやり眺めた。三蔵が姿を見せたのは、それからすぐだった。

「わかったぜ。八十五郎が指南を受けていた道場がわかった」

三蔵は開口一番にいった。

「どこだ?」

「三ツ目《みつめ》の大成館という小野《おの》派一刀流の道場だった。八十五郎は免許をもらっている」

三ツ目とは、竪川に架かる三ツ目之橋界隈の町のことだ。

「なるほど。それで、やつがひそんでいそうな場所はどうだ？」

「それはさっぱりだ。八十五郎は強かったが、人付き合いがなかったという。いまどこで何をしているか、気にしている門弟もいなかった。ただ、その頃住んでいた場所はわかった。早速行ってきたが、八十五郎もいなければ、知っている人間もいなかった」

小左衛門はちょっとがっかりしたが、自分の調べたことを話した。

「それじゃ、高橋から北のほうに聞き込みをすりゃ、わかるかもしれねえってことか」

「そういうことだ。飯を食ったら、早速取りかかる」

小左衛門は冷めた茶を飲みほした。

## 五

八十五郎は機嫌がよかった。

「亀蔵、美沙、やっとおれの店ができそうだ。大方目星がついた。おい、酒だ」

美沙と亀蔵は顔を見合わせた。

亀蔵がへいへいと返事をし、台所から酒徳利を持ってきて八十五郎の前に置いた。美沙はぐい呑みを置いてやる。

「目星がついたって、店を決めたってことかい？」

美沙は酌をしてやりながら聞く。

「まだ、はっきりは決めてねえが、大方あれで決まりだ。亀蔵、おまえには人を集めてもらう。それにいい大家を紹介してくれた。おまえのおかげだ。開店したら、おまえは番頭になれ。美沙、おまえは店の看板女だ」

八十五郎は上機嫌にいって酒をあおる。

美沙はもっと飲めもっと飲めと、胸の内でけしかける。

八十五郎が目星をつけた店は、柳橋《やなぎばし》にあるらしい。小体《こてい》な料理屋にするんだ、と楽しそうに語る。

「置く酒は上方の諸白だ。料理はおれが腕によりをかける。そうだ、使う器にもこだわりがなくちゃならねえ。店を開けたら、毎朝魚河岸通いだ。美沙、おまえは看板になること請け合いだ。その器量だ。客がどんどんつくぜ」

ワハハハと、八十五郎は機嫌よく笑う。

「そりゃ楽しみだわ」

美沙にはそんな気などさらさらないが、今日だけは八十五郎にあわせ、酒の肴を見繕うといって台所に立った。

帯にその日買った猫いらずをたくし込んでいた。料理にまぶすつもりだが、もう少し八十五郎に酔ってもらったほうがいい。

八十五郎は客間の畳を張り替え、障子と襖も替えなければならない、切れる包丁を明日下見に行こうなどと、勝手にしゃべっている。

西日がさっきまで土間に射し込んでいたが、いまは日が翳り暗くなっていた。ただ、町屋の屋根に日没間際のか弱い光が、未練たらしくしがみついていた。

美沙は冷や奴や貝の佃煮、魚の煮物をささっと作って八十五郎に出した。酒が足りなくなったので、亀蔵が買いに行って戻ってきたとき、八十五郎はいつになく酩酊していた。

そして、美沙はとっておきの料理、鯨汁を作った。鯨の肉を大根といっしょに味噌でよく煮込んで出した。

「おお、鯨汁か！　亀蔵、おまえの入れ知恵だろう。これはおれの好物だからな。美沙、おまえもなかなかやるではないか。それで噛みつき癖がなきゃ、いい女なんだが。ま、おれはおまえにはちょっかいは出さねえ。安心しな。うん、これはちょいと変わった味がするが……」

そういいながらも八十五郎はズルズルと汁をすすり、鯨肉とやわらかくなった大根を頬ばった。

（早くくたばれ）

美沙は内心で毒づき、八十五郎が腰にしっかり結わえている巾着を見た。

「うん、うまいが、なんか妙な味もする、だがうまい。おい亀蔵、おまえも食え食え」

八十五郎は酒を飲みながら鯨汁を平らげた。

「亀蔵、なぜ食わない。うまいぜ」

「おれはちょいと今日は腹具合が悪いんだ。おれの分も食っていいぜ」

「もったいないことを。おう、もうすっかり暗くなったな」

八十五郎は窓の外を眺めて、欠伸《あくび》をした。美沙は行灯ひとつだけでは暗いので、燭台《しょくだい》にも火を点《とも》した。

近くに池があるらしく、蛙《かえる》の鳴き声が聞こえてきた。

八十五郎がどたりと横になって、鼾をかきはじめたのはそれからすぐのことだった。ときどき胸をかきむしり、苦しいとうめくようにいった。

美沙は亀蔵と顔を見合わせた。八十五郎の体に毒がまわりはじめたのだ。眠ったはずの八十五郎は、何度も寝返りを打ち、そのうち腹のものを吐きだした。そこら中が反吐《へど》で汚れたが、美沙は七転八倒する八十五郎の体から、巾着をもぐようにして奪い取った。

「取ったわ」

美沙は巾着を自分の懐にたくし込むと、そのまま土間に下りた。

「おい待て」

亀蔵が慌てたが、美沙はかまわずに草履を突っかけて表に飛びだした。

(これはあたいの金だ。あたいの親の金だから、あたいのだ。人にやってたまるかってんだ)

美沙は走った。江戸の土地は知らないから、自分がいまどこを走っているかわからなかった。とにかく亀蔵の家から遠くへ逃げようと思っているだけだった。

(金があれば何でもできる)

美沙に不安はなかった。


それは五間堀《ごけんぼり》に架かる弥勒寺橋《みろくじばし》をわたってすぐのことだった。

背後から息せき切って走ってくる女がいた。ずいぶん慌てている様子なので、何事かと思って小左衛門は立ち止まって見た。

女は裾前が乱れているのもかまわず必死の形相だ。そして、懐に大事なものを入れているらしく、落とさないように片腕で押さえていた。

その女が弥勒寺橋をわたり、居酒屋の軒行灯と、店からこぼれる明かりを受けたとき、小左衛門はハッとなった。

(美沙……)

間違いなかった。明かりに浮かんだ顔は、美沙本人だった。

美沙はすぐ脇を通り抜けようとしたが、小左衛門はとっさに美沙の袖をつかんだ。

「なにすんだい! 放せッ!」

すごい形相で振り返った美沙の顔が、ゆっくり驚きの表情に変わり、目をまるくして、金魚のように口をぱくぱくさせた。

「あんた、なんで……生きてんの？」

美沙は声を喘がせながらいった。肩を激しく上下させ、ハアハアと息をしている。

「それより……」

小左衛門は美沙が懐に入れているものに気づいていた。

「なにすんだよ。放しやがれッ」

美沙は抗ったが、小左衛門は懐にある巾着を奪い取った。

「ちきしょーそれはあたいのだよ。返せ、返しやがれ。泥棒！」

小左衛門は美沙の首に片腕をまわして、口を塞いだ。

「おれは危うく死にそうになったが、こうやって生きている。これはおれが苦労して稼いだ金だ。おまえには悪いが、これはおれのものだ。どうやら、八十五郎からうまく奪い返したようだが、運が悪かったな」

小左衛門はそういいながら、美沙を脇の路地に連れ込んでいた。

「残念だが、ここでさらばだ」

当て身を食らわせると、美沙はあっけなく気を失って、その場に倒れた。

小左衛門は路地を出ると、急いで自分の家に引き返した。三蔵はまだ聞き込みをしているだろうが、かまうことはなかった。

歩きながら小左衛門は興奮していた。やっと目当ての金が返ってきたという思いと、これでおまきを取り戻せるという思いがあった。

三蔵の借金を返してやることになるが、おまきが人質ではいたしかたない。しかし、その前に巾着の中身をたしかめなければならなかった。

西念寺の離れに飛び込むようにして入ると、急いで行灯をつけて、巾着の中身をたしかめた。二百両そっくりあった。

（八十五郎の野郎、手をつけていなかったのか。ありがてえ……）

小左衛門は、まず切り餅四つを懐に入れ、残りを巾着に残して家の中を見まわした。とりあえず、どこかに隠しておく必要がある。

三蔵に見つからない場所だ。あちこちに視線を向けているとき、水瓶《みずがめ》の下に空間があるのを思いだした。百両の入った巾着をそこに入れると、ちょうどよい按配《あんばい》だった。

（さて、どうするか）

そう思って、まずは柄杓《ひしゃく》ですくった水を飲んだ。

三蔵の帰ってくる様子はない。

「よし、おまきを取り返しに行こう」

小左衛門は離れを出て、寺の表門に向かった。そのとき、がさがさっと離れの近くで音がした。さっと振り返って目を凝らす。

野良猫が敏捷に離れの床下に飛び込むのが見えた。

「なんだ。ねずみでも追っているのか」

小左衛門はホッと胸を撫で下ろした。

六

「大丈夫かい。しっかりしなよ」

美沙は八十五郎のもとに戻っていた。八十五郎は飲み食いしたものをその辺に吐き散らしてうなりつづけていたが、死んではいなかった。

それでも腹を押さえてのたうちまわっている。水をくれというので、美沙は大量の水を飲ませた。小半刻ほどすると八十五郎は落ち着き、半身を起こして壁にもたれた。

足を投げだし辛《つら》そうな顔をしているが、死にはしなかった。

(やっぱ、この男は化け物だ)

美沙はつくづくそう思った。

「なんか悪いものを食わしたんじゃねえのか？　それとも酒に毒でも混ぜたか？」

八十五郎は青い顔で見てくる。目だけは鋭いが、すぐに体を動かすことができないようだ。

「わからないよ。食い合わせが悪かったんじゃないの」

「おれの金は……巾着はどこだ」

八十五郎は気づいていた。

「ねずみの亀が持ってったよ」

亀蔵が帰ってきたとしても、美沙は嘘で誤魔化して、亀蔵のせいにするつもりだった。そのことをずっと考えていた。

「なんだと」

八十五郎は目を剝いた。だが、普段の迫力はない。

「それよっか、驚くことがあるんだ。村田小左衛門が生きていたんだよ」

「なに……」

「ほんとさ。巾着を持って逃げた亀蔵が、偶然やつに捕まってさ。それであの小左衛門が金を持って行っちまったんだ」

「なにをォ。なんであの野郎が、亀蔵を知ってやがんだ。おかしいじゃねえか」

「小左衛門だって必死だろう。二百両という大金がかかっているんだ。あんたに斬られて、てっきり死んだと思っていたけど、運よく助かったんだよ。それで、あんたのことを探しまわっていたんじゃないのかね」

八十五郎は両目を忙しく動かした。顔色が少しよくなってきている。

「亀蔵はどこだ？」

「わからない。あたしゃ小左衛門を見て怖くなって逃げてきたんだ。あの金を取り返すことができるのは、あんただけだよ。そうでなきゃ店を開くことができないんだよ」

美沙が頼れるのは、いまは八十五郎しかいない。

「気分はどうだい。少しはよくなった？」

「さっきよりはましだ」

「あんたが頼りだからね」

美沙は八十五郎に水を飲ませながら、すがる目を向ける。小左衛門を見つけて金を取り返さなければならない。それには八十五郎が必要だ。

「体が楽になるように少し横になりなよ」

美沙は八十五郎をいたわり、亀蔵が帰ってきたときのいいわけを考えながら、汚れた部屋の掃除にかかった。

巾着を盗まれたのは、何がなんでも亀蔵のせいにする必要がある。

（まあ、嘘のいいわけをしても、この化け物が信じるかどうかわからないけど）

美沙はちらりと八十五郎を見て、吐瀉物《としゃぶつ》を雑巾でぬぐい取った。

（でもさ、金を奪い返すには、この化け物を味方につけとかなきゃならないからね）

美沙は額の汗を手の甲でぬぐい、小さくため息をついた。

佃の朝吉の前に座っている小左衛門は、懐からゆっくり金を出した。

切り餅四個である。一個一個置くたびに、朝吉が小さくうなった。

座敷の隅には源平という子分と片目の孫市が控えていて、小左衛門と朝吉のやり取りを見守っていた。

「耳を揃えて百両だ」

小左衛門は切り餅四個を、すうっと朝吉の膝前に押しやった。

「村田さん、あんたたいしたもんだ。おれはあんたに金は作れねえだろうと思っていたんだ。それはそれでいいと、腹をくくっていた。預かっているおまきって娘は上玉」

「まさか」

小左衛門が眉を吊りあげると、朝吉は人を制するように手をあげて首を振った。

「安心してくだせえ。指一本触れちゃいませんよ。男の約束でしょう」

「それじゃ早速おまきを呼んでもらおうか」

朝吉は黙って手を叩いた。いまここに来ます、と言葉を足す。

「眼鏡の三蔵はどうしました？」

「顔を見たかったか。だったら連れてきたが、好んで見たい面ではなかろう。金さえ返してもらえばよいのだからな。これできれいさっぱり清算できたことになるが、受け取りを書いてもらえるか」

「むろんだ」

すぐに部屋の隅に控えていた源平が半紙と筆を持ってきた。それを使って朝吉が受け取りを書いているときに、おまきが若い衆に連れられてやってきた。

「村田さん……」

おまきは半べそをかいて、小左衛門のそばに倒れ込むようにして座った。

「大事にしてもらっていたと聞いたが……」

「はい、親切にしてもらったよう。でも、怖かった」

おまきはぐすんと洟《はな》をすすった。

「村田さん、受け取りだ」

小左衛門は朝吉から受け取りをもらった。

「あんた、深川に住んでるんだったら、うちの用心棒にならないか。金ははずむぜ」

「ま、考えておこう」

小左衛門は受け取りを丁寧に折りたたんで懐にしまい、

「それじゃ、これで失礼しよう。世話になった」

といって、おまきを促して立ちあがった。

「八十五郎さんを探していたらしいが、どうなった？」

「まだ会えない。まあゆっくり探すことにするよ」

その気などないが、経緯上そう答えておいた。

「怖い目にあっちまったな」

表に出た小左衛門は、しばらく歩いてからおまきを見た。

「でも、村田さんが必ず助けてくれると信じてたもん」

「運がよかっただけだ。それより、やっぱり」

「なに？」

「おまえは家に帰れ。それがいい。明日、途中まで送ってやる」

「…………」

「そうするんだ」

「……明日まで考えるよぅ。それでいいかい？」

おまきはうつむいて歩く。

小左衛門は小さく嘆息をして、

「それじゃ、明日の朝までじっくり考えるんだ」

と、いった。

七

八十五郎の具合はかなりよくなった。

その驚異的回復力に美沙は驚くやら感心するやらだが、

「あの村田小左衛門を探さなきゃならないよ。どうやって探せばいいんだろう」

という問題があった。

「亀蔵が小左衛門に襲われたのはどこだ？」

「橋をわたったところだよ。寺のそばだった。竪川って大きな川じゃなく、その先のもっと小さい川に架かってる橋のあたりだよ」

八十五郎は目をぎょろつかせて、

「そこへ連れて行け。そっちのほうが早い」

といった。美沙は土地鑑がないから、そのほうが手っ取り早いのだ。

すでに夜は更けている。通りを歩く人の影もまばらで、居酒屋や小料理屋の明かりも少なくなっていた。

「亀蔵の野郎は、小左衛門に襲われたあとはどうしたんだ？」

「わからない。あたいは怖くなってすぐ逃げたから……」

美沙はそういったあとで、ひょっとしたら亀蔵は小左衛門を追っていったのではないかと思った。八十五郎の腰から巾着を奪い取ったあたいを、亀蔵が追ってきていた。それはたしかだが、どこまで追われていたのかわからない。

（あたいが小左衛門に襲われたのを、亀蔵は見ていて、そのあとを尾けていたとしたら……）

美沙は亀蔵がこのまま八十五郎のところに戻ってこないほうが、好都合だと考えていたが、ひょっとすると亀蔵が頼りになるかもしれないと考えなおした。

しかし、そうなると八十五郎についた嘘がバレてしまう。

(うーん、困った)

「どの辺だ？　もっと先か？」

前を歩く八十五郎が振り返った。

「もう少し先。ああ、あの橋をわたったところ……」

「弥勒寺橋か。で、小左衛門の野郎はどっちへ行った？」

「この道をまっすぐ、向こうよ。……多分」

美沙は当て身を食らって、しばらく気を失っていたから自信はなかったが、そんな気がしていた。

「このまままっすぐ行きゃあ、深川だ」

八十五郎はその場に立ち止まって遠くをにらむように見た。


ねずみの亀蔵は、西念寺の境内にいた。

それも、小左衛門が借りている離れの床下である。亀蔵はじっと動かずに聞き耳を立てて、頭上で交わされる会話を盗み聞きしていた。

村田小左衛門という浪人は、三蔵という仲間に嘘をついていた。巾着には二百両入っていたのだが、百両だけだったといっている。

なぜ、そういったのか？　おそらく三蔵という男が信用ならないからだろう。いや、いまの亀蔵にとって、それはどうでもいいことだった。

村田小左衛門は百両を持っている。その金はおそらくこの離れのどこかに隠してあるはずなのだ。

ねずみばたらき専門の亀蔵は、ここぞとばかりに鼻を利かせているのだった。八十五郎のところへ戻っても、どうせあの化け物は死んでしまっている。美沙もどこへ行ったかわからない。

それにしても、美沙にはまんまといっぱい食わされた。

(まったく女ってやつァ信用ならねえ)

内心で毒づきながら、亀蔵は聞き耳を立てつづけた。なんとしてでも村田小左衛門の持っている巾着を盗みたい。

巾着に残っている百両は、美沙と折半にする予定だった金だ。そして、美沙がいったとおり、百両あれば残りの人生を楽に暮らしていくことができる。

いまの亀蔵にはその一念があるだけだった。

八

小左衛門はおまきを実家に帰すつもりでいたが、当人は頑なに江戸に残るといった。

「寝るのを惜しんで考えたけど、あたしはやっぱり江戸で暮らしてみたいよ」

「江戸に残って何をする？」

「女中でもなんでもできるよ。どんな辛いこともへっちゃらよ。だってきつい浜仕事や、米饅頭を売ってきたんだから。それに比べりゃどうってことないと思うんだよ。ねえ村田さん、あたしを帰さないでおくれよ」

小左衛門が困った顔をすると、三蔵が口を挟んだ。

「そういってんだ、意地になって帰すこたァねえだろう。なんだったらおれが世話してやろうか。大島町に知っている茶問屋がある。口を利いてやってもいい」

とたん、おまきは目を輝かせ、お願いしますと三蔵に頭を下げた。

「仕方ないか。では三蔵、その茶問屋に口を利いてくれ」

「おまえには何も逆らえないおれだ」

三蔵は借金を清算してもらったので、小左衛門には頭があがらない。

早速、大島町の茶問屋に行くことになった。

「おまき、そこがだめだったら他にも聞いてやるから安心しな」

三蔵は頼もしいことをいう。


その頃、八十五郎は美沙を連れて、小名木川に架かる高橋に差しかかったところだった。声はそのときにかけられた。

「あら、八十五郎さんではありませんか」

八十五郎は立ち止まって振り返った。美沙もそっちへ振り返った。鰻屋の店先に箒を持って立っている年増女がいた。

「女将か……」

「今日はずいぶんお若い方をお連れになって……ほほほ……」

女将は美沙を見て、嫌みのない笑みを向けてきた。

「また食いに来る。いまはちょいと忙しいんでな」

「はい、お待ちしておりますよ。ああ、そうそう八十五郎さんを探しているお侍がいましたけど、会われましたか？」

「なに、おれを……」

美沙にはぴんと来た。きっと小左衛門だ。八十五郎もそう感じたらしく、小左衛門の年恰好を話した。

「そんな感じの方でした」

「それでどこにいるか話さなかったか？」

「そんなことはなにも」

女将は首を振った。

「ひょっとすると……」

八十五郎はなにかに思いあたった顔をして、無言のまま歩きはじめた。

「どうしたのさ？」

「そこはおれが贔屓にしている鈴木屋という鰻屋だが、そんなところを小左衛門が突き止めたんなら、もう一軒の店にも行ったはずだ」

「なによ、それは？」

「おれが料理人になるために世話になった店だ。鯨屋という店があってな。……しかし、あの野郎どうやってそんなことを……」

八十五郎はぶつぶついいながら、ずんずん歩く。

美沙はそのあとを追いかけるようについていく。

雲ひとつない晴天である。

鳶が優雅に舞っていれば、町屋の屋根をすべるように燕が飛んできて、一軒の商家の庇に消えていった。そこに巣を作っているのだ。

八十五郎が行ったのは、一色町にある鯨屋という小料理屋だった。暖簾も看板も出ていなかったが、顔見知りらしく声をかけながら店の中に入った。

仕込み仕事をしていた主が板場から出てきて、懐かしそうに八十五郎に話しかけてきた。八十五郎は軽く応じてから、

「ところで、おれを訪ねてきた侍がいただろう。どっちかというと色白のやさ男だ」

といった。

「ああ、あのお侍ですね。まだ会ってませんか？」

「会ってないが、会わなきゃならない。やつはおれを探していたはずだが、何といっていた？」

「なんでも貸しているものがあるので、返してほしいようなことをいってましたよ」

「それじゃ朝吉一家のことも話したんじゃないのか？」

「へえ、あなたが用心棒をやっていたことを話しましたが、まずかったですか……」

主はねじり鉢巻きをほどいて、八十五郎と美沙を交互に見た。

八十五郎は、すると朝吉一家にもやつは行ってるってことだ、と独り言をいって、鯨屋の主には目も向けずに店を出た。

美沙は要領を得ないがあとをついていくしかない。

つぎに八十五郎が行ったのは、朝吉という親分がやっている博徒一家だった。

「おまえはここで待ってろ」

八十五郎は朝吉一家の前で、美沙にそう命じてずかずかと戸口の向こうに消えていった。美沙はお預けを食らった恰好で、あたりを見まわす。

目の前に日の光をきらきら照り返す川が流れていて、対岸に稲荷社がある。川沿いの河岸道には大小の商家が軒をつらねていた。

(江戸は店が多いね。どこへ行っても店だらけじゃないか)

手持ち無沙汰に川岸まで歩いて行くと、「おい、行くぞ」と八十五郎が声をかけてきた。

「やつの居場所がわかった」

「ほんとうかい？」

「ああ、しつこい野郎だ。それにしても、深川に住んでいたとは……」

「ここは深川だろう」

美沙は八十五郎を小走りになって追う。

「ああ、西念寺って寺があって、その離れに住んでやがるんだ。だが、やつはもう二百両は持っちゃいねえ」

「どういうこと？」

「小左衛門の知りあいが、朝吉親分に借金をこさえていた。その金が百両だ。そして、小左衛門はその借金を肩代わりして払っている。それが昨日のことだ」

「ずいぶん気前のいい男だね」

「感心してる場合じゃねえ。だが、やつの連れているおまきって女は上玉らしい。おれは百両を取り返し、そのおまきって女も貰い受ける」

「もらってどうすんのさ？」

「売り飛ばすのさ」

「あんたはどこまでも悪党だね」

「そこが西念寺だ」

大通りから右に曲がったところに、寺の山門があった。境内に入ってどこが離れだろうかと眺めると、すぐにわかった。

二人は離れに近づいたが、雨戸も戸もしっかり閉まっていた。

「留守のようね」

八十五郎は美沙のつぶやきには頓着せず、戸口に手をかけると思いきり引き開けた。勢いがよすぎて、戸がバシンと大きな音を立てた。

家の中はしーんと静まりかえっていて、誰もいなかった。美沙にはそう思えた。

目の前には八十五郎の大きな背中がある。

「そこで何してやがる」

八十五郎がうなるような低い声を漏らして、居間に躍りあがった。そこには腰を抜かしたような恰好で、すっかり仰天し、肝を冷やしたという顔の男がいた。

ねずみの亀蔵だった。

「な、なんで、ここに……」

亀蔵は美沙にも気づいて、目をキョロキョロさせた。

「そりゃあこっちが聞きてえ科白だ。てめえ、もしや村田小左衛門に寝返ったんじゃねえだろうな。それとも、端からやつと組んででもいたか」

「そ、そんなことは……」

亀蔵は八十五郎に首を絞められて口が利けなくなった。

「小左衛門の野郎はどこへ行きやがった？」

「お、大島町の巽屋《たつみや》って茶問屋です。苦、苦しい……」

「大島町の巽屋だな」

「ヒッヒッ、そ、そうです。は、放してく、苦ちィ、う、う……」

八十五郎の丸太のような腕に力が込められた。筋肉が隆と盛りあがると、顔を真っ赤にしていた亀蔵はそのままぐったりとなった。

美沙には死んだのか、気を失ったのかわからない。

そのまま八十五郎は、大島町の巽屋という茶問屋に向かった。

## 九

小左衛門はひと安心していた。

眼鏡の三蔵の紹介で訪ねた巽屋という茶問屋は立派な店であったし、主人の人柄もよさそうだった。おまきも巽屋を気に入ったらしく、

「やっぱり江戸に来てよかったよ」

と、いつもの鼻にかかった声で、嬉しそうに笑った。

「明日からおまえも立派な奉公人だ。粗相のないようにやるんだ」

小左衛門とおまきは、大島町から橋をわたって越中島町《えっちゅうじま》に入ったところだった。

品川に帰るという三蔵とは、巽屋の前で別れていた。

「おまえも物好きだな。海だったらいつだって見られるだろう」

「明日から奉公だから、今日のうちにゆっくりと江戸の海を見ておきたいんですよ」

「好きにするがいいさ。九つの鐘を聞いたら飯を食いに行って、おまえに着物を誂《あつら》えてやる。世話になった礼だ」

「そんな、世話になったのはわたしのほうだよ。でも、着物はほしいなぁ」

おまきはきらきらと目を輝かせた。

越中島町は小さな町である。南に足を進めると、もうそこは江戸湾で砂浜が東西につづいている。海風が潮騒の音を運んできて、小左衛門の鬢の毛を揺らした。

「やっぱ海はいいよね」

おまきが波打ち際まで行って、気持ちよさそうに両手を広げた。

小左衛門はその姿を見守るように眺めた。

「おい、村田小左衛門。やっと見つけたぜ」

突然、野太い声が背後でした。

小左衛門は振り返って、ギョッとなった。八十五郎がそこにいたのだ。美沙もいっしょである。

「八十五郎……」

小左衛門は身構えた。すでに八十五郎は刀の柄に手を添えている。

「金は半分になっているようだが、それをわたしてもらおう」

「ほざけ」

小左衛門は鯉口《こいぐち》を切った。

八十五郎は右にまわりながら、間合いを詰めてくる。

「それにしてもよく生きていたな。おれはてっきり死んだと思い込んでいたぜ。悪運の強い野郎だ」

「あっさり死ねるか。それにしても、まんまと騙しやがったな。おれの目の前にあらわれなきゃ、そのまま忘れてもよかったが、のこのことやってくるとは間の悪い男だ。今日はきっちり決着《カタ》をつけてやるぜ」

小左衛門はすらりと刀を抜いた。八十五郎も刀身を鞘走らせた。

両者青眼の構えで、静かに向かいあった。

小左衛門は雪駄を後ろにはね飛ばして裸足になった。

八十五郎も真似をするように裸足になる。

群れている海鳥がかしましく鳴き騒いでいた。

「小左衛門、金はどこだ？　死ぬ前にいうのだ」

「死ぬのはきさまだ」

「むむっ……」

八十五郎は両眉を吊りあげ、口をねじ曲げた。

「この前のようなしくじりはせぬから、覚悟してかかってこい」

小左衛門は小手をひねり、刀身を横に倒した。

キラキラッと鋭い刃が日の光をはじいた。

「こしゃくな」

吐き捨てるなり、八十五郎が地を蹴って上段から撃ち込んできた。

袴の裾がはためくような音を立て、小袖の袂《たもと》が風をはらんだ。

小左衛門は右足を斜め前方に飛ばしながら、刀を逆袈裟に振りあげた。ガツンと鋼同士がぶつかり合い、小さな火花が散った。

二人はさっと離れると、すぐさま体勢を整え、間髪を容れずにぶつかり合うように、前に飛んだ。

小左衛門は突きを送り込んでいた。八十五郎はまたもや上段からの撃ち込みである。上から落ちてくる刀は、うなるような風音を立てていた。

小左衛門の送り込んだ突きは、八十五郎の脇腹をかすっただけだった。そして、八十五郎の刀は、小左衛門の肩先をかすめただけだった。

小左衛門は休まなかった。袈裟懸けに斬り込んでいき、八十五郎を下がらせた。

「むん」

八十五郎は口を引き結んで、八相に構えなおした。

小左衛門はゆっくり息を吐き、そして吸い、呼吸を整える。耳の脇をすうっと一筋の汗がつたい落ちた。潮風が乱れた髪をふるえるように動かしている。

この前は足場の悪さをすっかり忘れていたので、不覚を取ったが、今日はそんなしくじりはしない。小左衛門は間合いを詰めながら、八十五郎の隙を窺う。

八十五郎は右肩を動かして器用に、片肌脱ぎになった。逞しい肩の筋肉に汗が光っていた。ペッとつばを吐き、地を蹴って斬り込んできた。

小左衛門はがっちり受け止めた。そのまま波打ち際を、鍔《つばぜ》迫り合いしながら蟹《かに》のように五、六間横に移動して、立ち止まった。

「このッ」

八十五郎がものすごい力で押し込んでくる。小左衛門は力では勝てない。そのことは重々承知しているので、誘い込むように押されてやる。そして絶妙の間合いで、さっと体をひねって八十五郎の脇をすり抜けた。

すぐさま振り返って反撃しようとしたが、八十五郎は思いもよらぬ俊敏さで、横に動いていた。

小左衛門は刀をつかみなおした。

ギュッと十指に力を入れ、ゆっくり力を抜く。

（つぎは決める）

小左衛門は双眸を光らせた。

横に動いていた八十五郎がまっすぐ向かってきた。そして、刀を青眼から上段に持ちあげた。

その瞬間だった。小左衛門は懐に飛び込んでいった。

二人の体が重なるようにひとつになった。

八十五郎の刀は、上段に振りあげられたままである。小左衛門の刀は、八十五郎の脾腹を貫き、背中側に切っ先を突きだしていた。

「うぐッ」

八十五郎は信じられないというように目を剝いていた。ハアハアと荒い息をしている。

小左衛門は刀の柄を持つ手に力を込めると、一気に八十五郎の体から引き抜いて下がった。八十五郎の巨体がよろめき、大量に噴出する血が、波打ち際を赤く染めた。

「て、て、め……」

八十五郎は涎を垂らしながら、傷口を塞ぐように両手で押さえ、そのまま膝から崩れ落ちて動かなくなった。

小左衛門は大きく息をして、砂浜に両膝を突いた。噴き出る汗が首筋を流れている。つばを呑み、もう一度大きく息をしておまきを見ようとしたそのとき、背後に人の立つ気配があり、つぎの瞬間、首筋に冷たいものがあてられた。

「金はどこに隠した？」

美沙だった。短刀を小左衛門の喉にぴったりつけている。

「いえ、いうんだ。いわなきゃ切る」

「おまえ……」

「あれはあたいの親の金」

「金か……ふふっ」

小左衛門は不気味な笑みを浮かべた。

「いうんだ、ほんとに切るよ」

「切りたけりゃ切れ」

小左衛門はそういい放ちながら、脇差を素早く抜いて、美沙の脇腹に突き刺していた。そしてその反動で、美沙の手にしていた短刀が小左衛門の喉を切っていた。

おまきが悲鳴をあげて、駆け寄ってきた。

「村田さん、村田さん、大丈夫、死んじゃいやだよ、いやだよ」

小左衛門は砂の上に倒れていた。おまきがのぞき込んでくる。肩越しに青い空が広がっていた。小左衛門は死を意識した。

「おまき……」

声はかすれていた。

「あ、悪党の最期は、しょ所詮、こんなもんだ。お、おまえは、幸せになれ」

「村田さん、いやだいやだ、死んじゃいやだ。あたしが助けてあげる。死んじゃいやだ」

おまきは泣きじゃくって小左衛門にすがりついた。

「おまき、聞け」

「…………」

「寺の離れ、水瓶の下に……巾着が……ある。百両入ってる」

「…………」

「おまえの金だ」

「そ、そ、そんな……。ああ、だめだよぅ！　村田さん、死んじゃいやだ！」

うわーっと、おまきは大声で泣いた。

小左衛門は内心で「疲れた」と、つぶやいて、そのまま重い瞼を閉じた。

# すぐにけしかける万願堂

久平次はもうそこに半日は座っていた。

地本問屋万願堂の奥座敷である。目の前には万願堂の主、文蔵が茶を飲みながら久平次の新作を読んでいる。

久平次は何度も居眠りしそうになったが、足の裏や太股をつねって我慢していた。それでも眠いのに変わりはない。いっそのこと寝てしまいたいが、そうはいかない。

ここ二月、夜も昼もなく書きつづけて、ようやく仕上がった原稿である。まずは万願堂の評価を聞かなければならない。できれば稿料をもらいたい。

(そうだ、なにかうまいものも食いたい)

ろくなものを食べていなかった。

そのせいか、肌が荒れ、髪はぼうぼうに乱れ、顔は無精ひげに覆われていた。背中のあたりを虱《しらみ》か蚤《のみ》が這っているらしく、痒いしこそばゆい。

片手を背中にやって掻くが、痒いところには届かない。

「あんた……」

万願堂は読んでいた原稿を静かに膝の上に置いて閉じた。久平次は万願堂をぼんやりした顔で眺める。

鶴のように痩せているのに、やけに耳の大きい人だな、と万願堂文蔵のことを思う。額に蚯蚓のようなしわが三本ある。その三本が小さく動いた。

「いや、あんたじゃない。ちゃんと呼ばなきゃだめですね。青空虚無斎さん」

「へえ」

久平次は号で呼ばれたが、ぴんと来なかった。自分で考えた号なのに、眠気に負けて感慨が湧かない。

「やりましたね。わたしはこの読み物を大きく売り出すことにします」

「へッ……」

「へ、じゃないですよ。気に入りました。まあ、判じ物の色合いは薄いですが、なかなかの読み物になっていています」

「ほんとですか？」

久平次は嬉しいが、眠気に負けている。

「嘘じゃありませんよ。この万願堂、やはりあなたに目をつけたのはまちがっていなかった。これで、柳亭種彦さんを負かせられるかもしれませんよ」

「そうですか」

「まあ、売り出してみなきゃわかりませんが、手応えはあるはずです」

「どうやら気に入っていただけたんですね」

「それで、次の話をすぐに考えて、書いてもらいましょう」

「あのその前に、ちょいとお足をいただけませんか？」

「いかほど？」

「なにかうまいもの食いたいんです。できれば酒も少し……」

「ははは、遠慮深い人だ。稿料をまず払っておきましょう。それで飲んで食べてくださいな。その前に風呂に行って着替えたらどうです」

「へえへえ、そうしましょう」

「では、これを払っておきます。これは前金ですよ。少ないかもしれませんが、売れ行き次第ではもっと払いますからね」

「そりゃどうもありがたいことで……」

万願堂は他にもいろいろいったようだが、頭が朦朧としている久平次は、そのまま万願堂を出て通りをふらふらと歩いた。

すぐに一膳飯屋の前に辿り着いたが、帰り際に万願堂に聞かれた言葉が甦ってきた。

「虚無斎さん、この主人公の小左衛門ですが、ほんとに死んでしまったんですか？」

万願堂はそう聞いてきた。

久平次は惚《ほう》け面で、へいへいと応じ返しただけだった。

(万願堂さん、そりゃ読み手が考えりゃいいんですよ)

心中でつぶやいた久平次は、安っぽい一膳飯屋の暖簾をくぐった。

この作品は書き下ろしです。

万願堂《まんがんどう》黄表紙《きびょうし》事件帖《じけんちょう》　一

# 悪女《あくじょ》と悪党《あくとう》

稲葉《いなば》稔《みのる》


平成27年6月10日　初版発行

発行人――石原正康
編集人――袖山満一子
発行所――株式会社幻冬舎
〒151-0051東京都渋谷区千駄ヶ谷4-9-7
電話　03(5411)6222(営業)
　　　03(5411)6211(編集)
振替00120-8-767643
印刷・製本―図書印刷株式会社
装丁者――高橋雅之





幻冬舎時代小説文庫

ISBN978-4-344-42352-7　C0193　い-34-10

幻冬舎ホームページアドレス　http://www.gentosha.co.jp/
この本に関するご意見・ご感想をメールでお寄せいただく場合は、
comment@gentosha.co.jpまで。